# お師匠様、出番です！

## からぬけ長屋落語人情噺

柳ヶ瀬文月

ポプラ文庫

# 目次

お師匠様、
出番です！
からぬけ
長屋
落語人情噺

冬と春のあわい、早朝。

神田《かんだ》の鍛冶町《かじちょう》に、ほのぼのと朝日が昇る。

寒々とした空気を橙色《だいだいいろ》の朝日が照らす中で、ダン、タタン、という踏み込みの音と竹刀のぶつかり合う乾いた音が響き渡る。

「やはり、朝稽古は背筋が伸びます」

稽古に励む門弟たちをうっとりと眺めながら、橋本伊予《はしもといよ》は呟いた。

二月《きさらぎ》の冷たい朝の日差しと、稽古にやってきた門弟たちの放つ熱気。伊予はこの空気が好きだ。

伊予の父、橋本吉右衛門《きちえもん》の営む剣術道場は、町人にまで門戸を広げている。帯刀の許されない町人の間にも、剣術道場通いが流行して久しい。

時流に乗って門弟を集め、ごく手狭ながらも気合いと活気に溢れている。

伊予は必ず朝稽古を見学している。

空気がぴりっと張り詰めていて、凛としていて爽やかだ。

大きく吸い込んだ冷たい空気が鼻の奥をキンと刺すと、背筋が伸びる。

ひとつだけ残念なのは、女である伊予が朝稽古に参加することを吉右衛門が許してくれないことだ。

「父上、足の具合はいかがでしょう」

「問題ない」

本当であれば、右足に酷い怪我を負って竹刀を振れない父にかわって、門弟たちと竹刀を交えたいのだけれど、女の身がもどかしい。

男勝りで、曲がったことが大嫌い。

そんな伊予にとって、稽古後に門弟の次郎吉《じろきち》が語ったある男の話は聞き捨てならないことだった。

「まぁ。それは、けしからんことでございますね」

小さな頃から腹に飼っているお節介の虫が騒ぎ出す。

自慢ではないが、一本気と生来のお節介はそんじょそこらの男には負けないつもりだ。

師範の娘らしく板の間に背筋を伸ばして正座している伊予の拳は、その声と同じ固さにぎゅっと握られている。

「本当に聞き捨てなりません……！」

「いやぁ、よくあることですよ」

伊予の隣で困ったように並んでいるのは、門弟の次郎吉だ。

いくつかの長屋の大家をやっている人格者で、岩本町《いわもとちょう》の恵比寿《えびす》様とかお人好しが羽織を着て歩いてるとか呼ばれている男だ。

三度の飯より剣術《やっとう》が好きと評判だ。

年の頃は五十と少し。老齢ながら、誰よりも熱心に稽古に通っている。

「でも、次郎吉さんの人の好いのにつけ込んで店賃《たなちん》を払わずにのうのうとしているだなんて。成敗でございますよ、成敗！」

「ははは、成敗できればいいのですが」

「次郎吉さんはお優しすぎます」

「参ったなぁ。お伊予さんは手厳しいですな」

面擦《めんず》れもあって月代《さかやき》が少しばかり後退しているものの、垂れ下がった目尻がふくぶくしい、門弟のなかでも古株の男だ。

「だって、店子が店賃を払わないなんておかしいです」

「よくあることではあるのですよ、お伊予さん」

「……でも、ずっと滞納していれば店だてしてもいいのでしょう」

「そうそう追い出せませんよ。店賃は千文。みな、いつも懐具合がいいわけではないですから」

「だからって、これっぽっちも払わないなんて！」

次郎吉の長屋に、店賃をまったく払わない店子がいるらしい。

千文といえば、まっとうに働いていれば支払いに困るとは思えない額だ。

次郎吉がにこにこと笑っているのが伊予には信じられなかった。

「次郎吉さん。その店子というのは店賃をもう六つも溜めているのですよね」

「いいえ、今月で七つだったかなぁ」

「七つ！」

伊予は頭を抱えた。

職人の稼ぎの二月分だ。

「次郎吉さん、伊予がその御方にぴしりと言って差し上げます」

「いやぁ、お伊予さん。あれはあれで、面白いといいますか」

「でも、店賃は少しずつでも支払うのが筋でしょう」

「しかし、まぁ……相手の商売が商売でして」

「どんな商売をしているのですか、その不届き者は」

「噺家です」

「はなしか？」

伊予は虚を衝かれて小首を傾げる。

「落とし噺を演る芸人ですよ。近頃うんと寄席が増えてきましたでしょう、なかなか腕の良い芸人ですよ」

たしかに近頃は寄席小屋が増えている。

お上による町人の娯楽への締め付けが緩んできたこともあり、火事で更地になったところに寄席小屋が雨後の竹の子のようにできるのだ。座布団一枚あればいい芸だから、とかなんとか。

「だからといって、店賃はきちっと払うべきです」

伊予はそういった場所には近づかないようにしているので、よくはわからないけれど。少なくとも店賃を溜めるようなヤクザ者なのだろう。

きちんと働きもせずに、口先だけで日銭を稼いでいるのだ。

ますます、腹が立ってくる。

気の優しい次郎吉のことだから、きっと何も言えないのだ。己がかわりに矢面に立ってやりたい、と伊予のお節介の虫が騒ぎ出す。

「今すぐにでも、私が参ります！」

「これ、伊予」

「父上」

低い声に振り返る。父の吉右衛門だ。

膝から下が動かない右足を引きずって歩いてくる。思うように動かない足がもどかしいのか、表情は険しい。

次郎吉が背筋を正した。

「先生、長々と相すみません」

「伊予、あまり次郎吉さんを困らせるでない」

ぐぅっと眉間に皺を寄せている父に、伊予は「しまった」と思った。

吉右衛門は、伊予のお節介を良く思っていない。自身も同じような性分であることを棚に上げているのだ。

「でも、父上。その不届きな店子というのは次郎吉さんのお優しいのにつけ込んでいるんですよ」

「だとしても、お前が首を突っ込むことではないだろう」

「ですが……」

「口答えをするでない」

「しかし、父上！」

「伊予。お前もそろそろ嫁に行くことを考える年頃なのだし」

「父上、今は私のことは関係ありません」

伊予は思わずムッとして口答えをする。

このところ、吉右衛門は二言目には嫁入りの話を出してくる。

それが、伊予には煩わしかった。

いつもにこにこと朗らかで、稽古熱心。道場をもり立ててくれる門弟である次郎吉を助けたいと思うことの、何が悪いのだろう。

「嫁には行きません。婿殿を取って道場を継ぎます」

「伊予、あまり困らせないでくれ」

「寛一《かんいち》様がいらした頃には、父上もそうおっしゃっていたではございませんか」

「は、はぁ。寛一様……？」

横で聞いていた次郎吉が小首を傾げる。

「昔の門弟だ、次郎吉さんがうちに来るよりも前に江戸遊学に来ていたさる藩士のご子息でな」

「はい、大変素晴らしい御方でした」

伊予が言うと、吉右衛門が苦い顔をする。

「……寛一殿がこの道場に通っていたのは、もう十五年も前のことだ。お前、顔も覚えていないだろうに」

寛一というのは伊予が幼い頃に道場に通っていた門弟だ。

しかるべき武家の三男坊で折り目正しく剣の腕も立つ青年だったが、ある日ぱたりと姿を見せなくなった。

伊予がまだ五つにもならない頃の話だ。

寛一という男を好ましく思っていた記憶はあるが、今となっては顔も声もサッパリ思い出せない。

「けれど、父上もよく寛一様はいい弟子だったとおっしゃっているではありませんか」

「それはそうだが……」

「とにかく、伊予は次郎吉さんをお助けしとうございます」

「これ、いい加減に――」

吉右衛門の眉間の皺がいよいよ深まったときに、

「父上」

寒々とした弱々しい声が響く。

「……吉弥《きちや》」

陰鬱《いんうつ》な表情に、生気のない足取り。伊予の兄、吉弥だった。

生来病弱で、部屋で何やら書き物ばかりしている。

ほとんど道場に顔を出さないのに、今朝はどういう風の吹き回しだろう。

「兄上、お体はよいのですか」

「ああ、今朝はだいぶ気分がいい」

「それならば、よいのですが……」

「吉弥さん、お久しぶりです。お顔色が良さそうだ」

一触即発の父娘の間に挟まれていた次郎吉が、助け船とばかりに声を弾ませる。

伊予からすれば、どう見ても吉弥は青白くて病人のような顔色だ。

「次郎吉さん？　お言葉ですが、兄の顔色はよろしくないかと」

「お伊予さん……ここはそう言っておくものですよぅ」

「でも本当のことです」

「伊予、わしはお前のそういうところを心配しているんだ」

と、吉右衛門が渋い顔をした。

伊予が「しかし、父上」と口を開きかけたところで、吉弥がするりと割って入る。

「父上、そのことなのですが」

「む？」

「伊予の好きにさせてやってはいかがでしょう」

「兄上？　本当に、どういう風の吹き回しでしょう」

「もう伊予も十九です。母上が亡くなってから、伊予は家と道場のことに懸命に尽くしてくれておりました」

伊予が六つ、吉弥が九つの時分に母は亡くなった。

それから伊予は、道場主の妻としての働きをするようになった。門弟の面倒を見たりして、武家の娘の名に恥じぬように尽くしてきた。

「……つまり、お前はこう言いたいのか。伊予の世間知らずを直すのには、伊予の好きにさせよと」

「はい、父上」

「そんな、世間知らずだなんて」

たしかに伊予は道場と家のこと以外を知らない。手習いも父と勉学に秀でた吉弥とが手ほどきをしてくれた。

流行《はやり》の芝居や黄表紙本にうつつを抜かすこともなく、当然浮いた噂のひとつも立たないわけである。

「ふむ」

伊予の好きにさせたらどうか、という吉弥の言葉に吉右衛門は渋い顔のまま腕組みをした。

「それも一理あるかもしれん」

ちらり、と吉右衛門は伊予を見る。

「お前も少しは世間のことを知らねばならんのかもしれんな」

「父上、では次郎吉さんをお助けしても？」

伊予は胸を高鳴らせながら、吉右衛門に向き直る。

「次郎吉殿」

「はい、先生」

けれど、吉右衛門は伊予にではなく、次郎吉に深々と頭を下げた。

「相すまぬが、伊予が面倒をおかけいたす」

「先生。どうぞお顔を上げてください、いや困ります！」

驚いたのは次郎吉で、師範に手をつかれてさすがにたじろいだ。

よろしくたのむ、顔を上げてください。

よろしくたのむ、顔を上げてください。

よろしくたのむ、顔を上げてください……。

何度も繰り返される応酬《おうしゅう》にぽかんとしていた伊予が振り向くと、吉弥は青白い顔をしたまま道場をあとにするところだった。

「あ、兄上！」

ありがとうございます、と声をかけようとして開いた唇をきゅっと噛みしめる。

色のない顔。

げっそりとそげた頰。

まなこは落ちくぼんで、具合のよくない体を押して無理に竹刀を握る腕だけが不自然に筋張っている。

まるで死人のようだ。

頭に浮かんだそんな言葉を、慌てて追い出す。縁起でもない。

昔の兄は、もっと違う人だった。

吉弥の笑った顔を最後に見たのは、いつだっただろうか。

……思い出せない。

ある事件以降、伊予は兄が笑うのを一度も見たことがない。

大怪我で体の利かない父に、もとより病弱で剣術師範の子息として肩身の狭い兄

——橋本道場は活気はあれど、笑顔の少ない道場だった。門弟がすっかり帰ってしまい親子三人となれば、なおさら。

「……はぁ、まったく。吉弥は幼い頃から、部屋に籠もって何やら書き物をしてばかりで……」

「……父上、それは」

苦々しい顔をしている吉右衛門に、伊予は唇を噛む。

いつか、この家に笑顔が戻る日はあるのだろうか——伊予は時折、ふと考え込んでしまうのだ。

「お伊予さん、どうぞよろしく頼みますねぇ」

「えっ、あ……はい。おまかせください」

次郎吉の声で我に返る。

ぐっと口の端を釣り上げて、次郎吉に頷いてみせる。

「参りましょう、次郎吉さん」

長屋の困った店子とやらの性根、この伊予がたたき直してみせましょう。

◆◆◆

岩本町は昔は武家地であったこともあり、武芸を好む堅い気質の者が多く住まっている。

その一角に、次郎吉が大家をしている長屋のひとつがある。

九尺二間の六軒長屋。

ごくごく、ありふれた佇まい。

長屋というのは表店《おもてだな》と裏店《うらだな》に分かれている。通りに面した表店は、商売人が店を構えるための貸し店だ。

貧乏人が住むのは、裏店とか裏長屋とか言われている。

長屋は、ひとつひとつが小さな町のようなものだ。

裏長屋への出入り口には木戸があって、その長屋に住んでいる者の生業《なりわい》を書き出した札や張り紙が貼ってある。

どぶ板が渡してある裏店を進むと、井戸があり、お稲荷さんの祠《ほこら》があり、後架《こうか》と呼ばれる共同便所がある。さらに奥には掃きだめも。

この長屋も例に漏れず、猫の額ほどの土地にそういった様々なものがぎゅうぎゅう詰めになっていた。

その中を、伊予は肩をいからせて進む。

次郎吉が慌てた様子で付いてきた。

「そんなに急いでは危ないですよ、お伊予さん」

「足腰は鍛えています、お気づかいなく」

剣術道場を開いている武家といえども、いわゆる貧乏武家だ。

使用人はおろか、中間《ちゅうげん》もいない、己の腕一本で生きている橋本家である。

店賃を六つも七つも溜めているという不届き者は、一番奥の店に住まっているらしい。一刻も早く、その顔を拝まねば。伊予の心は燃えていた。

燃える心のままにずんずん突き進んでいると、

「きゃっ」

何かにつまずいた。ただでさえ狭い軒先にガラクタを並べている店のせいだ。なんてだらしがないのだろう。

勢いのままに頭から閉じきった戸に突っ込みそうになるのを、なんとかこらえる。地に倒れ込まなかったのは、日頃の稽古の成果だろう。

伊予は毎朝、百本の素振りと木刀による型稽古を欠かしたことはない。女の身で道場を継ぐことはできないけれど、武家の娘としての意地だった。

「ああ、いわんこっちゃない」

「だ、大事ありませぬ……おっ、とっと！」

よろよろとつんのめって、見るからに頼りない裏長屋の戸に伊予が倒れ込もうとした、そのとき。

からり。

軽快な音を立てて、戸が開く。

「なんだぃ。騒がしいねぇ……って、なんだぃ！」

「きゃあぁ！」

裏店の中から出てきた男が、伊予を抱きとめたのだ。

「あっ」

伊予は思わず声をあげる。

どすんとぶつかった男の胸は、寒空の下で温かく、大きく、骨張っている。

（すごい、びくともしない）

けっこうな勢いでよろめき、ぶつかったはずだ。

不意を突かれた形であろうに、男は少しも動じることなく伊予を抱きとめた。体幹の強さととっさの身のこなしに、思わず感心してしまった。

はっ、と伊予は我に返って、男の胸から身を離した。

背筋を伸ばして、頭を下げる。

「あの、大変に失礼をいたしました。わたくし、橋本吉右衛門の娘で伊予と申します。御仁《ごじん》、お怪我は……」

ひょろりとした長身の男だ。

団七本田《だんしちほんだ》に結った髷がわずかに寝乱れていて、顎に青く無精鬚が浮いている。実にだらしのない出で立ち。

けれど、それを差し引いてもすっと通った鼻筋に、寂しげに目尻の垂れた面差し。色白で細身ながら、先ほど伊予を抱きとめたときに感じた体の芯は逞しい。つまりはなかなかの男っぷりなのだ。

（……この御方、どこかで？）

男の顔に見とれていると、どこか懐かしいような心持ちになった。このような場所に住む男に、知り合いなどいないはずなのだが。

「んん？　こいつぁ参ったねぇ」

しかし。

次の刹那に、伊予は言葉を失った。

ぐいっ、と男に肩を抱き寄せられたのだ。

「え、あの、ちょっと」

あれ、と思う間もなく、男の口からぺらぺらと言葉が流れ出す。

まさに立て板に水。朗々としてよく通る声をしている。

「いやぁ、参った参った。ちょいとばかりきついお顔立ちをしていらっしゃるところを見ると、御武家様の娘さんでいらっしゃる。いやはや、アタシャこういう商売でございましょ？　浮かれた年増やしなびたご老体に言い寄られることは多かれど、このように魚河岸《うおがし》からまろび出たかのごときピチピチ活きがいい娘さんに熱ぅく抱きしめられるなんざぁ！　んん、男冥利につきますねぇ」

先とは、明らかに違う手つきで伊予の肩を抱く男。

嫁入り前の娘に、このように不埒な真似をするなんて！

伊予はあまりのことに、言葉が出ない。

（な、な、なんでございますか、この御方は！）

助けを求めて、次郎吉を見る。

次郎吉は眉を盛大にハの字にして、大きな溜息をついているところだった。

「困りますよ、手を離しなさいな、邑楽《ゆうらく》師匠」

邑楽。その名前には聞き覚えがあった。

「おっと、大家さんじゃあないですか」

「師匠、その方はわしのお世話になっている剣術道場の娘さんだ」

「へぇ、そうですかい。そうしたらあーたの親父さんとアタシとは先生と師匠とで
マナカってわけだ」

「うちの道場は谷中《やなか》ではなく鍛冶町ですが」

「谷中じゃあない、マナカだよ。お仲間ってことだよ」

にぃっと歯を見せて笑う男の顔が思いのほか精悍で、伊予は思わずぎょっとする。

照れてしまったわけでは、断じてない。ないのだけれど、伊予はどういうわけだか体が動かなかった。

ぴしりと固まっている伊予に、邑楽はふっとおかしそうに息を漏らす。

「……初心《うぶ》だねぇ」

「なっ！」

初心、などと言われて——思わず体が動いた。

父、橋本吉右衛門が道場で教える流派は、剣術以外にもやわらと呼ばれる柔術も取り入れている。

むろん、伊予にも柔術の心得があるわけで。

「とりゃーっ！」

「あ？」

胸ぐらの合わせを摑んで、腰を落とす。

小柄な伊予が懐に潜り込めば、邑楽がいかに上背があり体幹がしっかりと据わっているといえども、不意を突かれて腰が浮く。

そのまま伊予は邑楽を引き倒し、倒れ込んでくるところを体をかわして地面に——どすん。

「あだっ！」

「成敗！」

邑楽の体が地面に突っ伏し、狭い路地に並べてあったがらくたに突っ込んでいく。

どんがらがっしゃん。賑々しい音を立てて、邑楽がつっぷす。

「……あちゃぁ」

次郎吉が額を押えた。それを合図にしたかのように。

からん、からん、からら、と次々に長屋の戸が開いた。野次馬だ。

「なんや、邑楽師匠がまぁた騒ぎかいな」

「おい、どうしたぃ。喧嘩か！　いいぞ、もっとやれ！」

「あらまぁ、可愛い娘《こ》じゃないかぁ」

目を輝かせて顔をのぞかせた店子たちに、次郎吉が苦笑いする。

「……お前たち、朝から籠もって仕事はどうしたんだい。それに、わしが来ているのをわかっていて顔を見せなかったね」

「あ、えらいすんまへん」

上方訛りのきっぷのいい女が、ぺちんとおでこを叩く。

それを合図に、店から顔を出した者らが「しまった」という顔をした。

今朝はどうにも腹具合が、とか、だって寒いんだもんねぇ、とか言い訳じみたことを口ごもりながら、それぞれの店に引っ込んでいく。

「まったく、これだから世間様から『からぬけ長屋』だなんて呼ばれるんですよ」

次郎吉が溜息をついた。

「からぬけ長屋？」

からぬけというのは、すっかり相手を出し抜くとかそういう意味だ。

この長屋の人たちは、もしかして泥棒とか詐欺師とかなのだろうか。伊予が面食らっていると、次郎吉がかぶりを振る。

「いいえ、『からっきし抜けてる』ってんでからぬけ長屋なんです」

どういうわけかへらへらと浮世を漂って、一体全体どうやって暮らしているのかすらよくわからない連中が不思議と集まってくる長屋である。

次郎吉の人望が、すっかり裏目に出てしまっている。

店子たちがぴったりと戸を閉めてしまった頃、地面につっぷしていた邑楽が身を起こした。

「いてて……おい、あんたどういう了見だぃ！　可愛らしい顔してとんだ馬鹿力だ！　アタシが顔に傷でもこさえたらどうしてくれるってんだ」

「お顔に傷がつくと何かお困りになるのですか」

「こちとらこの身ひとつ、口先ひとつでおまんま食ってんだよ」

「ご商売道具、ということでございましょうか」

「ああ、そうさ。質屋に入れるにも苦労するがな」

身を起こして、路地にそのままどっかりと胡座《あぐら》をかいている邑楽を、伊予はキッと睨みつける。なんて、ふてぶてしいお人だろうと腹が立った。

「それでは、そのご商売道具でこちらの店賃をお納めになられているのでしょうね」

伊予の言葉に、邑楽は形のよい眉毛をくっと釣り上げる。

「……店賃だぁ？」

「ええ、店賃です！　門弟である次郎吉さんから、あなた様の店賃支払いがたいそう滞っていると聞いて、橋本道場の娘として邑楽さんに一言申し上げに参りました」

伊予は邑楽を睨む。

おなごだからと軽んじられてしまっては、たまらない。

次郎吉を助けると決めたのは伊予で、兄の吉弥の助け船でこうしてここにやってきているのだ。なんとしても、このへらへら男に店賃を払わせなくては。

大家である次郎吉と、仁王立ちの伊予を見比べて邑楽は「ははーん」と訳知り顔

で頷いた。そして、

「大家さん、ご心配をおかけしまして面目次第もございません！」

埃っぽい地面に額をこすりつけたのだ。いわゆる、土下座である。

「えっ！」

「この通り、面目ない」

「何をしているんですか！」

驚いたのは伊予だ。軽々しく土下座などして、この邑楽という男には矜持というものがないのだろうか。

「いやいや、邑楽師匠。そう毎度毎度されてちゃあ、土下座の値も下がるってもんだよ」

「えっ、毎回してるんです？」

「まぁ、わしが顔を出すときにはたいてい、こういうことになるねぇ……」

「大家さん、この通り！　こちらのお嬢さんがどういう御方かは存じませんが、お引き取りいただきたくっ！」

「ちょっと！　勝手に追い返そうとしないでください」

「どちらのお嬢さんか存じませんが、おおかたお節介でアタシに説教でもしにいらしたんでしょう」

図星だった。

「悪いことは言いません、おかしな男の住処になんぞ近づくもんじゃありませんよ」

「おかしな男って……そんな自分でおわかりならば言動を改めてください」

「はぁ、言動。むつかしいことをおっしゃいますなぁ」

「きちんと家主の次郎吉さんに店賃を納めてください、と言っているんです」

「はぁ……店賃はもう少しばかりお待ちを、席亭がアタシのワリを渋りやがりまして！」

肩をすくめる邑楽。

奇妙な言葉に、伊予は首をかしげた。

「ワリ？」

そのときだった。

「あ、見つけましたよ。邑楽師匠！」

「げ、やべ」

法被《はっぴ》姿の男がひとり、血相を変えて路地に飛び込んできたのだ。

その姿を見て、邑楽が泡を食って立ち上がる。

長屋でいっとう奥まったところにある邑楽の店であるが、すっかり行き止まりになっているわけではない。……つまるところ、隣の家の囲いをよじ登ってしまえば退路が開けるという算段だ。

長身を活かして囲いに手をかける邑楽だったが、

「三十六計逃げるにしか……あいたっ！」

「事情はわかりませんが、成敗っ！」

伊予が襟首を摑むほうが早かった。

「ひょあっ」

と、顔に見合わない間抜けな声をあげて邑楽が尻もちをつく。

わぁっと法被姿の男が歓声をあげた。

「やった、姐さんありがとう存じます！」

「ね、姐さん？」

「邑楽師匠、今日こそ寄席に出ていただきますからね！」

法被の男の言葉に、邑楽が大袈裟に肩を落とした。

◆◆◆

「ワリをケチってるなんて、とんでもない！」

ゲソ助と名乗った、法被の男はぶんぶんと首を横に振る。

妙な名前は、彼が神田のはずれにある紅雀亭《べにすずめてい》という寄席で下足番をしていることから皆が呼ぶようになった通り名らしい。

寄席というのは専門の小屋があるわけではない。

神社の境内や火除地といった空き地に薦《こも》張りの興行を打つ場合がほとんどだ。他にも、物好きな商売人が、自分のところの居酒屋や銭湯などを一時的に場所貸しをしてくれる場合もある。

それに対して、近頃は腰を据えて寄席興行を打つところも出てきている。

薦張りの移動式寄席とは反対に、場所が定まっているから「定席」とか呼ばれている。

今から向かう紅雀亭も、その定席のひとつだ。

伊予は「いやだぁ」だの「離してくれぇ」だの情けない声をあげている邑楽を引きずって歩きながら、ゲソ助に訊ねた。

「あのぅ、そのワリというのは何なのでしょうか」

「あ、これは失礼。寄席の出演料でございます。お客様からいただいた木戸銭を出番のあった芸人で割るんで、『ワリ』ですな」

木戸銭は寄席の入場料のことだ。

それくらいは、世の中の娯楽にうとい伊予でも知っている。道場に通う門弟たちの世間話で耳にする。『ワリ』というのは楽屋の符丁《ふちょう》といって芸人同士で通じる隠し言葉なのだそうだ。

「……お待ちください、こちらの邑楽さんはそのワリというのをもらっているんですね」

「へぇ、それはもう間違いなく」

ゲソ助が今度は首を縦に振る。

「ワリってぇのは近頃は芸人の人気やら年期やらに合わせて、席亭のさじ加減ひとつで増やしたり減らしたりしてるんで」

「では、この邑楽さんは」

「そりゃあもう！　ウチの席亭が言うには、ワリも弾むし、色をつけてもいいから邑楽師匠を連れてこいってんで、このゲソ助が駆り出されたンすよ！」

木戸銭を分けるワリの他にも、さらに祝儀を弾んでもいいということだ。

邑楽というのは、これでかなり人気の芸人らしい。

伊予は首根っこを摑んだまま邑楽に視線を向ける。

「こほん、邑楽さん？」

「なんだぃ。とっとと離せよぅ、手前《てめえ》で歩けらぁ」

「離したら逃げますでしょう」

「……いやぁ、良い天気でおござんす」

露骨に話を逸らす邑楽に、ゲソ助がぷっと吹き出す。

伊予は笑うどころではなく、ぷぅっと頰を膨らませる。

「あなた、ワリというのをもらっているんですね。さっき、店賃を払えないとおっしゃっていたではないですか。嘘をつきましたね」

「嘘じゃありませんよ」

「でも、だったらどうして」

「使っちまうだけ」

「はい？」

「寄席から長屋まで帰る間に使っちまうんだよ。ぱーっと楽屋の連中と飲んだり、馴染みの旦那《おだん》にご馳走になった帰りにちょいと馴染みの店に顔出したり」

「そんな、一晩で」

「江戸っ子でぇ。宵越しの金は持たねぇ」

「威張らないでください!」

伊予はすっかり呆れてしまった。なんだ、この男は。

「あっちもこっちも興行を打ちやがって、面白くねぇ」

「……寄席が多くなるのは、芸人にとってはいいことなのでは?」

「それが気にくわねぇってんだ」

邑楽はさも不機嫌そうに煙管を弄ぶ。

「こうして寄席が増えたのはいいが、どいつもこいつもアタシのことを『師匠』だの『名人』だの持ち上げやがるのが気にくわねぇ」

「でも、師匠は紛れもなく名人でさぁ」

ゲソ助がいかにものほほんとした口調で言った。

この態度の悪い男が名人とは、伊予には信じられない。

紅雀亭はそうと言われなくては寄席とは思えない見た目をしていた。

小間物屋の二階に客を通す、小さな寄席小屋だ。

その周りをぐるりと娘たちが取り囲んでいる。

なるほど、と伊予は思った。

小間物屋では、娘連中があれこれ買い物をしている。寄席というのは人が集まるから、物売りをする商売にもいいように働くのだろう。

伊予がずりずりと邑楽を引きずっていると、

「邑楽師匠！」

黄色い声をあげて、娘たちが邑楽めがけて殺到してきた。たいそうな人気者のようだ。これでは寄席ではなくて、まるで芝居小屋ではないか。

芝居の看板役者たちの錦絵が飛ぶように売れていることくらいは伊予も知っているし、実のところ贔屓の役者がいないでもない。

けれど、昼間に興行を打って商人や女たちの人気を集めている芝居と違って、落語だとか講談だとかというのは職人たちが好むものだと思っていたのだが。

「さすがは邑楽師匠。見てごらんなさい。あの娘さんたちもやっと木戸銭払ってくれますよ」

「は、はぁ」

「人気者がいると、寄席が賑わいますからねぇ。色男だってんで娘連中がこぞってやってくるし、噺の腕もピカイチで何を演らせても上手い！」

なるほど、あの娘連中は邑楽がお目当てか。

そしてゲソ助の話を信じるのであれば芸の腕も確からしい。

「手練れなのですね」

「ええ、耳の肥えた連中も邑楽師匠には文句ひとつつけないですよ……勝手に休んで寄席に顔を出さないことの他はね」

「聞けば聞くほど、けしからんことだと思いますけれど」

いまいち邑楽の実力のほどを信じられないでいる伊予の耳に、穏やかではない声が聞こえた。

「ちょっと待って、あの娘《こ》なぁに……？」

「え？」

気がつくと、邑楽を見つめる熱っぽい視線が、邑楽を引きずって歩いている伊予にも注がれるではないか。

「おぉっと、女の悋気《りんき》は怖いよぅ」

他人事のようにへらへら笑っている邑楽をじろっと睨んだ。

「邑楽さん！　にやけている場合ではございませんよ。お仕事でしょうに」

「さ、師匠。もうすぐ出番ですよ」

ゲソ助が焦った様子で邑楽を急かす。

それなのに当の邑楽はどこ吹く風、遠巻きに己を見つめる娘たちにひらひらと手を振っている。

「んん、どうしようかねぇ」

「どうしようじゃありません、ワリで店賃を払うんでしょう！」

あまりのいい加減さに、ついに伊予が声を荒げた。

「い、いいかげんにしてください！　店賃を稼ぐ腕がないのを、そうやってはぐらかしているんですか！」

往来で大声をあげるなどいやしくも武家の娘としてはふさわしくない振る舞いなのだが、それどころではなかった。

「なにあの娘。こ、こわ……」

あまりの大声に黄色い声をあげていた娘たちがお互いに顔を見合わせている。

邑楽が真剣な面持ちで、じっと伊予を見つめる。

「……なんでぇ。お前さん、アタシの腕を疑ってんのかい」

「そ、そうでございます！」

「そりゃ傷つくねぇ。邑楽が出るとなりゃ、どんなさびれた寄席小屋も満員になるってのに」

「存じませぬ。私、寄席に行ったことなどありませんので」

「何？　じゃあ、落とし噺を聞いたことは？」

「ございませぬ」

「……おい、それマジで言ってるか」

「偽りなどございません」

あなたとは違いますので、と伊予。

邑楽は何度か目を瞬かせて、

「はぁー……オカタイとは思ってたが、ここまでとはね」

ふっと心底おかしそうに笑った。

「いいだろう、よぅくご覧じろ」

邑楽は懐からすっかり痩せた巾着を取り出して、ゲソ助に押しつける。巾着からはちゃりり、と銭の音がする。

伊予が紅雀亭に入るための木戸銭だった。

体が熱い。

お腹がよじれそうだ。

頬が熱く火照って、笑いすぎてまなじりから涙が落ちる。

伊予は生まれて初めての寄席の熱気にすっかりとあてられていた。

（すごい、すごい……さっきまでの噺家もおかしかったけれど……！）

今、高座に上がっているのは、烏骨亭《うこってい》邑楽だ。


――なんだぃこりゃ、赤すぎやしねぇか……おっかぁ、天狗とよろしくやりやがったな。

――馬鹿言うんじゃないよ、赤いから赤ん坊ってんだよぉ。


底抜けに明るくて、下世話で、馬鹿馬鹿しい、それでいてとびきり洒落た科白《せりふ》が次々に邑楽の口から飛び出す。

そのたびに、どっと揺れるように客席が沸く。

邑楽の見てくれにきゃあきゃあと声をあげていた娘連中も、伊予と同じようにジッと噺に聞き入って腹を抱えて笑っている。

木箱で組んだ質素な高座。それを見上げる客席。

商家の下男も、職人も、棒手振《ぼてふ》りの商人《あきんど》も、小さな紅雀亭の客はみな邑楽の噺に夢中になっている。

ああ、ああ、なんておかしいんだろう。

「ぷ、くく……ふふ、あっはは！」

ついに伊予は声をあげて笑ってしまった。

まるで剣術の名人だ。

たくみな息と間合いでもって、この場にいる客たちの呼吸までも手中に収めているような話術。先ほどまでの邑楽がまとっていた、のらりくらりとした空気は嘘のように消え去っている。

研ぎ澄ました刃のように鋭い舌から、地口《だじやれ》や皮肉が次々に飛び出してくる。美しく整った面をいっぱいに使って百面相をすれば、しれっとした伊達男の面影はそこにはない。

ひょうきんな植木屋。

面倒見の良い八百屋。

気の強いおかみさん。

目線ひとつ、仕草ひとつで次々に別人になっていく。声も、仕草も、体つきさえも違って見える。

（……これは、すごい）

もう、邑楽が何か言葉を発するだけでも、おかしくて仕方がなかった。喋っている意味すらも聞き取らないままに、体が勝手に笑い出してしまう。

邑楽が、形の良い仕草でもって頭を下げる。

わぁっと客席が沸く。

伊予は、ふわふわとした心持ちのままで高座から降りていく邑楽を見つめて思う。

この人は、本物だ。

店賃を六つ、いや七つも溜めているなんて、何かの間違いだ。

邑楽はたしかにだらしのない男だけれど、芸の腕が確かなことはわかった。剣術という武芸にしたしむ伊予にとっては、一芸に秀でていることは好ましいことだった。

（本当に、すごいものを見てしまったわ……）

夢見心地で歩く伊予は、「はっ」と我に返る。寄席から吐き出された者たちの流れに押し流されるように、すでに紅雀亭からは数本先の筋まで歩いてきてしまった。

しかも、伊予の住まいである鍛冶町とは真逆の方角だ。ほわほわとした心持ちで歩いていたせいだ。自分でもびっくりしてしまう。抜け目のない、かっちりとした娘であるという近所の評判と自負があったのに。

邑楽の高座は、それほどまで伊予の心に衝撃を与えたのだ。

「でも、あの様子ならそれほど心配なさそうね」

客も大いに入っていたし、あの様子ならばすぐに溜めている店賃などは支払えるだろう。

伊予は足早に家に戻る。もうすぐ日が沈む。

早く帰って、夕餉の支度をしなくては。

足早に通りを歩きながら、途切れ途切れに覚えている邑楽の落とし噺をなんとなく口ずさんでしまった。

◆◆◆

明くる日。

朝稽古にいつものように次郎吉がやってきた。

納豆売りやネギ売りの声を聞きながら道場の表の掃き掃除をしていた伊予は、次郎吉に駆け寄る。

朝露に濡れた地面から立ち上る香りが瑞々しい。

「次郎吉さん！」

「お伊予さん。おはようございます」

「おはようございます」

鼻の頭を赤くした次郎吉がぺこりと頭を下げる。

背筋を伸ばし丹田《たんでん》に力を込めて、伊予も深々と礼をした。

「あのぅ、あの困った店子さんは店賃を納められましたでしょうか」

待ちきれずに切り出す。

伊予が手ずから邑楽を寄席に連れて行ったことで無事に店賃が納められた、と次郎吉当人の口から聞きたい――という心がうずいた。きっと無事に納まったのだろうとか、うんと感謝されるだろうという期待もあった。

「いやぁ、それが……」

それなのに。次郎吉の口から飛び出したのは、伊予が予想だにしていなかった話だった。

「いやぁ。あのぶんだと次も払えない、いや、払わないだろうねぇ」

「えぇっ！」

まだ七つ溜まった店賃のうち、一つも納められていないと。

「どうして……？」

あれだけの高座をするのであればきっとワリだってしかるべき額をもらえるだろうし、他の寄席からも出演の声はかかるはずだ。

「寄席に出てはワリをもらってくるんだけどねぇ。その日のうちに全部飲んじゃうんだ」

「お金を、飲むんですか」

「いや、違う違う。酒ですよ。そのあたりの酒屋の角打ちや縄のれんの居酒屋で、ぱーっと使ってきてしまうんです」

「そんな……」

「お弟子さんでもいれば少しはしゃんとするかもしれませんが、ウチに転がり込んできてからずぅっとあの体たらくですよ」

あれはもう、病みたいなものですかねぇ。次郎吉の言葉に、伊予の足がひとりでに動いた。

どうして。

あんなに素晴らしい芸を持っているのに、その芸で稼いだ金をその日のうちにみんな使ってしまうなんて。

だらしない、だけでは済まされない。

(なんて、もったいないことを!)

そんな暮らし、いつまでも続きっこないことは伊予にだってわかる。あれほどの芸を持っている人が、健やかな体を持っている人が、どうしてそれをどぶに捨てるような真似をするのだろう。

「伊予」

からぬけ長屋に向かって駆け出そうとしたところに声がかかる。兄の吉弥だ。手には何やらくしゃくしゃに丸めた紙を持っていて、青白い仏頂面である。

「長屋には昨日伺ったんだろう」

だからこれ以上は首を突っ込むな、とでも言いたげな目つきに、伊予はきゅっと唇を噛む。

そんな辛気くさい顔をして。

昔の兄上はこんなふうではなかった。小さい頃、母上が生きている頃には笑っていたはずだ……邑楽の落とし噺なら、この兄は昔のように笑うのだろうか。

「あ、お伊予さん！」

次郎吉の声を背中に受けて、伊予は駆け出した。

「邑楽さん！」

戸を何度も何度も叩いて名を呼ぶと、やっと邑楽が顔を出した。

すっと通った鼻筋に、寂しげに目尻の垂れた面差し。色男には違いないが、すっかり寝乱れた髷と酒臭い息で台無しだ。目元だって、いかにも眠たそうにしぱしぱと萎れている。

「……んでぇ、昨日の姐ちゃんか」

「いいえ、『姐ちゃん』ではございません、伊予です。橋本伊予」

「ハシモトさんだかマンナカ山さんだか知りゃせんが、こぉんな朝っぱらからヤクザな芸人に何の御用ですぅ」

ぞんざいな口調だ。

「こちとら昨晩遅くまで旦那連中に可愛がっていただいて、喉の渇くヒマもねぇってくらいに御酒をいただいてんだ。あとひと眠りでもふた眠りでも、なんなら、ひがな一日眠っていてぇくらいなんだよぅ」

「ひがな、などと言って、寄席はどうするおつもりです」

「あのね、あたしはからっきし抜け作ばかりの、からぬけ長屋のヌシだぜぇ？　席亭連中だって、あたしが来なけりゃいつも通り、来りゃ儲けもんくらいに思ってるでしょうよ」

伊予は悲しくなってきた。

「あんなに！　素晴らしい芸をお持ちなのにっ！」

伊予の剣幕に、邑楽がぐっと黙り込む。しばらくして、低い声で唸った。

「……女に芸の善し悪しなんかわかるもんかい」

「馬鹿にしないでくださいませ。女にだってわかります！　わたくしは、話芸については素人ですが幼き頃から父、吉右衛門に小太刀《こだち》をはじめ剣術、柔術の手ほどきを受けました。武芸については、ほんの僅かに心得がございます」

伊予はまくしたてるように邑楽に詰め寄る。

小さい頃から、口下手だった。

お節介の虫ばかりが先に立って、言葉が足りずに伊予の善意があべこべに受け取られてしまうこともあった。

だからこそ、言葉のいらぬ武芸に打ち込んだ。口より先に体が動いて、というよりも手が先に出て。いつからか、鍛冶町の鬼小町だなんて呼ばれるようになった。

けれど、伊予にはその先がない。

武芸は男のものだ。女である伊予は婿を取って道場を継がせることはできても、体の利かなくなった父にかわって剣術指南をすることはできない。いくら伊予の腕が立っても、だ。

だからこそ。

あんなにも巧みな話芸を持つ邑楽が、こんなにも自暴自棄な生活をしているのが腹が立つ。

長屋の引き戸を閉めようと身をひいた邑楽との間合いを詰めて、戸を足で押える。体の芯の強さは、吉右衛門にも何度か褒められた。

「いや、おい。やめろって、嫁入り前の娘が、こんなむさっくるしい芸人の巣なんぞに入っちゃいけませんよ」

「所帯といっても、店賃も払っていないのでしょうに」

邑楽の脇から見えるのは、寒々しくも荒れ果てた寝床だ。

おそろしいことに、茶碗のひとつも見えない。

「ここがあなたの巣というのならば、きちんと店賃を納めようという心意気を見せてくださいまし」

「ぐぅ、そう言われるとねぇ」

「その芸、大事にしてくださいませ。店賃などすぐに払えるでしょう。それに、お弟子さんがいればもっとシャンとするかもと聞きました」

口の回る邑楽に邪魔をされないように、思いつく限りの言葉を並べる。

次郎吉に聞いたことだが、どうやら図星らしい。邑楽はわずかに眉をひそめた。

「……なんだぃ、女ってのはよく喋る」

「ですから、女は今はどうでもいいことです！」

伊予の脳裏に、昨日の高座がありありと浮かぶ。

あの熱、あの高揚……それに、高座を食い入るように見つめる人たちの、顔、顔、顔。みなが、笑顔だった。

もしも邑楽のように言葉を操れたら。――そうしたら、伊予の周囲も笑顔になってくれるだろうか。

「余所者のあんたが、首突っ込まないでくれよ。アタシのことなんざ、放っておいてくれ」

余所者。

それをたてにして伊予を追い返し、次郎吉に迷惑をかけ続けるのであれば——伊予にも考えがある。

「邑楽さん……いえ、邑楽師匠」

「は？」

きりりと帯を締めた小紋が汚れるのもかまわずに、からぬけ長屋の間口に膝をつく。

「おい、ちょっとお嬢ちゃん！」

両手をすっと地べたにつく。

土下座など安いものだ、と邑楽は言っていた。いともたやすく頭を地べたになすりつけて、家主の次郎吉の眉をハの字どころか、もっとぐぅっと下がってリの字にさせていた。

「師匠、お願いでございます」

伊予の言葉に、邑楽がぽかんと口を開けて間抜け面をお天道様にさらす。

「いや、おい、顔上げろって」

「わたくしを、弟子にしてくださいませ！」

からぬけ長屋の戸がから、から、からり。

住人たちが口々に「おぉっと、痴話喧嘩かい」「邑楽師匠も隅に置けないねぇ」「朝っぱらからほーんまに騒がしいこっちゃな」と邑楽の店を窺っている気配がする。

「お、おい。隣近所に見られてンだろ。顔上げてくれ、もう困りますよぅ」

「そうです、困るのでございます」

伊予は邑楽の言葉にすかさず顔を上げる。

「師匠は、軽々に土下座をして家主を困らせているんです。次郎吉さんは、人が好い。ですから、こんなふうに頭を下げられれば、店賃について強く言えないでしょう」

「……おぉっと」

伊予の言葉に、邑楽が言葉を詰まらせた。

「こりゃあ、アタシとしたことが一本取られたかねぇ」

「次郎吉さんの人の好さにつけこんで、師匠が店賃をきちっと納めないのでしたら、私が弟子になります。そうしたら、その、私は余所者ではございません」

自分が弟子になれば、この人の話芸を待っている寄席に必ず邑楽を送り届けてみせる。寄席に送り届けさえすれば、寄席からいただいたワリをきちんとあずかって、溜めに溜めた店賃を納めさせてみせる。

そうすれば次郎吉の困りごとは解決だ。

そして何より、この邑楽から噺を、落語を、習いたい。そうすれば、周囲を――

兄の吉弥だって笑顔にできるかもしれない。

そんな思いが、伊予を突き動かす。

「お願いいたします」

「いや、そりゃあ……」

「弟子にしてくださらないと、私はここを動きませんので」

「……参ったねぇ」

腕組みをして難しい顔で目をつむっている邑楽に、伊予はもう一度頭を下げる。

「お師匠様、後生でございます！」

裏長屋から朗々と響く伊予の声に、いよいよ長屋の住人らがざわつき始めた頃、

「あぁ、わかった！　わかったから顔上げて立ってくんな」

邑楽がとうとう音を上げた。


神田鍛冶町、鬼小町。

橋本伊予、十九の春。

——このたび、噺家の弟子になりました。

第一席「鬼弟子と、恋患い」

岡惚れってのは恐ろしいもんでして、ひと目会ったときから顔もきちっと覚えてはいないのにどうしたってその人のことが頭から離れない。

恋患いといえば聞こえは良いですが、端から見たらみっともないったらありゃしません。

ですが、そのみっともないってのが人の本質なのかもしれませんなぁ。

自分のことがみっともある、なんて思っていらっしゃる御方は少なくとも寄席にはいらっしゃらないそうでございまして——。

◆◆◆

三月《やよい》の足音も聞こえてきた朝稽古のあと、伊予は道場の片隅で神妙な顔で座り込んでいた。

「余所様の懐事情に首を突っ込むとは何事か」

伊予の父、橋本吉右衛門は苦虫を何匹も噛み潰したような顔で腕組みをしていた。

その隣で、からぬけ長屋の家主である次郎吉が背中を丸めて座っている。

ことの成り行きを見守っている次郎吉の眉毛は、ハの字を通り越してリの字になっている。

「先生、申し訳ございません……わしが伊予さんに無理なお願いをしたばっかりに」

「いや、伊予が無理を申したのだ。次郎吉さん、頭を上げてくれ」

「いやいやいや、伊予さんに甘えて厚かましいお願いをしました」

「いやいやいや、我が娘ながら頑固者で」

「いやいや、いやいや……」

いやいやの応酬をしている男二人を前に、伊予はぴんと背筋を伸ばして答えた。

「父上、お言葉ですが余所様ではございません」

「なに？」

「私の師匠でございます」

師匠、というところの語気をことさらに強めた。

「師匠……？」

「はい。私、烏骨亭邑楽師匠の弟子になりました」

「伊予。お前、勝手なことを」

「師匠に尽くすのは弟子のつとめ。師匠が店賃を溜めて長屋を追い出されぬよう、弟子の私が尽くすのは当たり前のことでしょう」

きっぱりと言い切った伊予に、吉右衛門はぐっと黙り込んでしまう。人格者と名高い剣術師範だが、亡き妻の面影のある娘に少々甘いところがある。

「あのぅ、伊予さん。なんだって落語なんかを……わしが言うのもなんですが、ありゃヤクザな商売ですよ」

「……笑顔でしたから」

「ん？」

「寄席で邑楽師匠の落語を見ました。お客がみんな笑顔で、お腹の底から笑っていたんです」

「だからどうしたというのだ。話が読めん」

「それは——」

今朝の稽古にも、伊予の兄、吉弥の姿はなかった。

亡くなった母に似て体の弱い吉弥は、剣術道場の跡取り息子にはどうやってもなれそうもない。気の強い伊予がしかるべき腕前の婿を取って、橋本道場を継ぐことを周囲は口には出さないが望んでいる。

（……兄上に、笑っていただきたい）

自分が流暢に滑稽噺を話し、それを聴いた吉弥が腹を抱えて笑っている光景を思い描いて、伊予は思わず小鼻を膨らませる。

まだ幼い頃、母が生きていた頃、吉弥は手習い用の裏紙にどこからか仕入れてきた笑い噺を書き付けたものを母に読ませていた。

字を読み始めたばかりの伊予や床に臥せった母がそれを読んで大笑いをしているのを、吉弥は嬉しそうに眺めていたのを覚えている。

そのときの吉弥は、確かに笑っていた。

（……兄上は、あんな幽霊のような人じゃない）

幽霊。いつも青白い顔をしている吉弥が、近所の口さがない連中からそう呼ばれて揶揄《からか》われているのを伊予も知っている。だからこそ、吉弥をもう一度笑わせたいのだ。

自分がカタブツだということは嫌というほどにわかっている。

邑楽の高座には、頭を殴られたような心持ちになった。

「次郎吉さん。邑楽さん……うちの師匠の店賃は、あとどれくらい溜まっていますか？」

「えぇっと、六つですが」

邑楽を寄席に引きずっていった伊予は、早々に店賃を一つ納めさせていた。

「では、その六つの店賃は三月《みつき》のうちに納めます」

「三月！　伊予さん、いくらなんでもそれは……」

食う寝るところに住むところ。

人が暮らすのに必要なものだ。けれど、伊予に言わせれば「食う」の他、寝るところに住むところというのは、同じことを言っている。

溜めに溜めた店賃をきれいさっぱり払うのが、何より先なのは当然のことだ。

「いいえ、師匠はそれくらい、瞬く間に稼いでしまいますよ」

「そりゃあ、邑楽師匠は売れっ子ですけど……当人があれじゃあ……」

当人にまじめに稼ぐ気がない。

稼いでも、あっという間に使い果たしてしまう。

「そこは、弟子の私の腕の見せどころでございます！」

「うぅん、弟子というよりも、押しかけ女房……ごほんごほん！」

「……」

「失礼しました、橋本先生」

「……いや」

吉右衛門がなんともいえない表情をしたのを見て、次郎吉が慌てて咳払いをした。

何事か考え込んでいた吉右衛門が、居住まいを正す。

「伊予」

「はい、父上」

「いいか。我が家は禄をとってはいないが、お前は武家の娘だ」

「はい」

「ふらふらと出歩き、町人の揉め事に首を突っ込むのは感心せぬぞ。しかも、軽々しく弟子などと」

「……はい」

伊予は背筋を伸ばした。

剣術道場の師範として生きてきた吉右衛門にとって、師匠と弟子というのは重い意味を持つ。

「……だが、半端に物事を投げ出すことは相成らん。一度首を突っ込んだからには、その邑楽とやらが店賃を払い終えるまでは責任を持ちなさい。自ら引き受けたのはお前なのだから」

「はいっ。ありがとう存じます、父上」

大変苦々しい顔をしながらも、吉右衛門は伊予が邑楽のところに出入りするのを許した。

我が娘の頑固さを知っているからというのもあるが、それ以上に物事を半端にしておくことが嫌いな男なのだ。伊予の父である。血は争えない。

「……そのことなのですが」

「次郎吉さん、どうしました」

「邑楽師匠の溜めている店賃は、七つと申しておりましたが、本当のところは、その……十九ありまして」

「十九!?」

伊予の歳と同じではないか。

「先日はたしかに七つとおっしゃっていたではありませんか！　嘘をついておられたのですか、次郎吉さん！」

「嘘だなんてとんでもない！　なんの気まぐれか、去年の七月《ふみつき》に一度納めていただいたことがありまして、そのあとに溜まったのが七つ……」

「ということは……」

指折り数える。伊予はぷるぷると震えた。

「その前の一年間、一つも納めてませんね……？」

しばし、絶句。そして伊予は立ち上がる。

「師匠、成敗ですっ！」


仕事帰りの棒手振り商人たちが行き交う通りに大の男の悲鳴が響く。

悲鳴の主は、だらしのない暮らしぶりとは裏腹に、巷では色男と名高い烏骨亭邑楽。けれど、情けない叫び声からは色男のいの字も窺えない。

通りを引きずられながら、半泣きで叫んでいる。

「いでででっ！　やめろってんですよぅ、この馬鹿力！」

「一年と半年にもわたって店賃を溜め、さらには先ほど寄席から逃げようとした師匠が悪いです」

「何をぅ、お前さんにゃ関係ないでしょうに」

「いいえ。私はもう師匠の弟子なのですよ」

「こないだは押し切られましたけどね、アタシは弟子なんざ取りたくないんですけどね」

邑楽はぼやいたが、伊予はそれを無視して続けた。

「いいですか。師匠の不始末は弟子の不始末」

「それ、師匠が言う科白じゃないかい？」

「邑楽師匠」

「は、はい」

「師匠が店賃を溜めたのでしたら、弟子の私がきっちりと耳を揃えて次郎吉さんに納めるまで見届けますとも」

「無理しちゃいけませんよ、やめときなさい」

「師匠は少しは無理してください！」

伊予は呆れ果てて語気を荒げる。

「どうして、十九も店賃を溜めたりしたんですか」

「どうしてもこうしても、銭がなけりゃあ店賃なんざ……」

「師匠にはあのように素晴らしい芸がおありではございませんか。いつでも師匠の出番はお客が山のように」

「それだよ」

邑楽が観念したように溜息をつく。

何が「それ」なのだろう、と伊予は首を傾げる。邑楽は時折、不思議なことを言う。

「ちょいと前までは、寄席だの芸だのってのは浮ついた贅沢モンだってんで目の敵にされてきたんですよぅ。それが、ちっとばかり世間様に認められたくらいで、町人から役人まで手のひらを返しやがる……芸人連中もそれを真に受けて、やれ本寸《ほんすん》法《ぼう》でございなんて鼻にかけやがってよぅ」

「それと店賃に何の因果が？」

「芸人ってのは根無し草、どしんと構えたお師匠様気取りなんざぁ気色悪いってんだ。客にその身ひとつで向き合ってこそ、人と相対してこそ芸人だ。……だからアタシくらいは、こうしてチャランポランして芸を守ってんですよぅ」

「師匠。それで家主の次郎吉さんにご迷惑をかけていい、という道理はないのでは？」

「……ぐぅ」

邑楽は黙り込んで、ぷいっとそっぽを向いてしまった。都合が悪くなると、すぐにそうだ。まったくもって子供じみている。

伊予はじっと邑楽を見つめる。

芸は確かで、芸人というものに対する矜持もある。それがどうして、こうおかしなことになってしまうのか。

「師匠にもあの御方の折り目正しさを少しばかり分けて差し上げたいものです」

伊予は思わず、ぽろりと零してしまった。

「あの御方ぁ？」

「……父の道場にその昔いらっしゃったお侍様です。まだ年若くいらっしゃいましたが、それはそれは折り目正しい御方でした」

「ふぅん、ホの字だね」

「違います！」

憧れであることは確かだが、剣筋も人柄もまっすぐな人物だからで惚れた腫れたなどはない。

「あの御方が道場にいらしていた時分は、伊予はまだほんの童《こども》でした」

「あらま、おませさんだねぇ」

邑楽が長屋の井戸端で噂話に花を咲かせる女たちの声真似をして、しなを作る。

ふざけた仕草に、伊予は思わずムッとして声を荒げる。

「ですから！　寛一様とは決してそのようなことはないんですっ！」

伊予が憧れの若侍の名前を口にすると、邑楽はさもつまらなそうに煙を吐き出す。

「……寛一ってのかい、その侍野郎は」

「ええ、さようでございますが……って、侍野郎とは無礼ですよ、師匠！」

伊予はぷくっと頬を膨らませたが、のれんに腕押し。邑楽はもうすっかりこの話題に興味を失ってしまったらしい。

「無礼も何も、お前さんの口ぶりじゃあ挨拶もそこそこにいなくなったんだろう、そのナンチャラってのは」

「それは……」

その通りだった。寛一はある日、ぱたりと道場に来なくなった。不義理な縁の切れ方ではある。

「きっと何か事情がおありだったのです」

「どうだかねぇ。お侍ってのは案外、お前さんが思っているような立派なもんじゃないかもしれませんよぅ」

煙管の吸い口を嚙りながら、にたりと笑ってみせる邑楽。噺家というよりも役者みたいだ。絵師に錦絵でも描かせて売れば、それなりのもうけが出るのではないだろうか。

「……寛一様は、師匠が思うような方ではございませぬ」

「そうかい」

邑楽がぷかりと煙を吐いた。

「まったく。アタシに弟子入りして噺を教わろうなんて妙なこと言いだすかと思えば癇癪《かんしやく》起こして……忙しいもんだねぇ」

「……癇癪ではございませぬ」

なんて意地悪を言うのだろう。

伊予がからぬけ長屋に出入りするようになって何日も経つ。そのたびに「噺を教えてほしい」と何度も乞うたけれど、いっこうに邑楽は手ほどきをしてくれる気配はない。

どういう経緯であれ弟子を取ったのに……と伊予は拗ねていた。

「へぇ、面白い表情《かお》するようになったもんですねぇ」

「え？」

顔を上げると、すっかり火の消えた煙管を囓る邑楽の顔が目の前にあった。

涼しげな目尻に、このところは伊予が「人前に出る芸人なのだから」と髪結い床に引っぱっていっているおかげでござっぱりとした髷が、ありありとわかる。

どくん、と心臓が跳ねて、伊予は慌てて飛び退いた。

（やはり、師匠とはどこかでお会いしたことがあるような……）

隣の店との間仕切りに背中が当たり、けたたましい音があがる。白昼だというのに家にいるらしい隣人の男が「ひえぇぇっ!?」と大袈裟な声をあげた。ずいぶんな怖がりらしい。

「おう、悪いねぇ。お隣さん！」

愉快そうに邑楽が艶のある声を張り上げた。

「……隣家の御仁は何をされている方なのですか？」

「さぁねぇ。からぬけ長屋に住んでるんだ。ろくなやつじゃないでしょうよぅ」

そう言って邑楽はおどけて、まだ何やらドタドタと音を立てている隣の様子に声をあげて笑った。

そんな邑楽を横目に、ようやく心臓が落ち着いてきた伊予は大きく息をついた。

「あまり大声で笑うと、お隣に筒抜けでございますよ」

武芸の稽古に道場の切り盛り、折り目正しくきちんとした武家の娘として暮らしてきた伊予にとって、自分の心臓が妙な動きをするのは慣れないことだった。それこそ、まだ幼い頃に寛一の剣を眺めていた頃以来のことだ。

きちんと、規律正しく。

それが伊予にとっては、何よりも大事で心安まることだった。

伊予は背筋を伸ばして咳払いをする。

「……こほん。師匠、今日もお席亭さんに顔付けしていただいています。千両亭《せんりょうてい》ですから、だいぶ歩きますすよ」

すっかり頭に入れている邑楽の出番。それを諳んじる伊予に、邑楽は心底迷惑そうな顔をした。大の男が、まるで駄々をこねる小童のようだ。

「師匠、そんな顔をしても駄目です。今日のワリで、やっと次郎吉さんに店賃を一つ納められるのですから！」

「はぁ……せっかく働いても酒も飲めねぇでワリ取り上げられるんじゃあ、ちっともやる気が出ませんよぅ」

「取り上げてません！　師匠が店賃を払っていればこんなことにはなってないんですから」

伊予は立ち上がり、ぐいっと邑楽の腕を引っぱった。そろそろ出かけないと、出番に間に合わなくなる。

「ほら、行きますよ」

「……あん？」

「あん、も……えっと、餡子《あんこ》もございません」

「下手くそだねぇ、それを言うなら『餡も汁粉もねぇ』ってこう言うんだ」

「っ、そんな師匠のように当意即妙にはいきません」

「芸人ってぇのは、当意即妙が売りモンなんだよぅ」

「あ、『餡も汁粉もない』というのは覚えておきますので！」

「論語じゃあるまいし、頭から諳んじてどうするんだぃ、石頭」

「い、き、ま、す、よ！」

邑楽を長屋から引きずり出して、千両亭に引っぱっていく。

からぬけ長屋の木戸にたむろしていた連中が「おや、今日もお熱いね！」などと囃し立てるのは聞いていないフリだ。

（……融通の利かない石頭なことくらい、わかっております）

邑楽のように軽口のひとつでも叩けるようになれば、伊予の噺で吉弥は笑ってくれるだろうか。

しかし、一体どうすれば軽口などというものを叩けるのかがわからない。

勢いのままに弟子入りしたはいいが、自分が邑楽のようになれるとも思えない。邑楽も伊予に噺の稽古をつけてはくれないし、覚えた噺をひたすらに壁に向かって呟く日々だ。

溜めに溜めたり、十九の店賃。

邑楽が怠けずに寄席に出れば、おそらく三月もかからずに納められる計算になっている。

(早まったのかもしれない……次郎吉さんに店賃を納めたら、もうここに出入りする言い訳もなくなってしまうし)

どんよりとした気分のまま、伊予は邑楽を引きずって千両亭へと急いだ。

◆◆◆

「は、腹が立ちます……っ!」

うぐぐ、と伊予が呻く。

昼席のある千両亭からの帰り道だ。まだ日があるうちに、と棒手振り商人たちが足早に行き交っている。

張り子の唐辛子を背負った唐辛子売りのすっとんきょうな売り声が、妙にかんに障る。自分の気が立っているのだ。

「うっはは、すっとんきょうな顔もできるじゃあないですか」

「ひ、人を笑いものにして……よくそんなことを……！」

千両亭で邑楽が演じたのは、伊予が見たことも聞いたこともない噺だった。

いや、正確には『知りすぎている』噺だ。

カタブツの上品ぶった娘である「おキヨ」が町人の男に嫁いだものの、あまりに格式張った言葉遣いとお高くとまった態度で男を困惑させる。朝餉の支度ひとつも上手くいかず、ドタバタと周りの者を振り回す……というものだった。

なんにでも「御」をつけて、井戸を「おいど」――上方の言葉でお尻と呼んだり、それで「御」をつけるなとたしなめられたら「落ちん、落ちん」という科白から「お」を抜いてみたり……。

客席は揺れんばかりに大笑いしていたけれど、伊予は楽屋口で邑楽の声を聴きながら赤くなったり青くなったりしていた。

「師匠。あれは私のことを噺にしておりましたね」

「さぁて、どうかねぇ？」

とぼけて肩をすくめる邑楽。伊予はたまらない気持ちになる。

今日も邑楽の高座は見事の一言だった。普段はだらだらと長屋で寝転がり、煙草を吹かしては酒を飲んでいるだらしのない男だ。

けれど、ひとたび高座に上がれば邑楽の周囲がぱっと明るくなる。

軽薄でいい加減なところは、当意即妙で風のように軽やかな芸に。

だらしのない怠けたところは、気だるげな芸人の色気に。

邑楽のまとう楽しげな気配と話芸は、今日も客席を揺らした。

伊予に噺を教えようともしない師匠だけれど、本当に腕は確かなのだ。

腹が立つほどに。

「師匠、あの噺はなんという題なのでしょう」

「ん、題？」

「はい。『醒睡笑《せいすいしょう》』にもございませんでしたが」

『醒睡笑』というのは、安楽庵策伝《あんらくあんさくでん》和尚の著した書で、法話の際に話していたおかしい話を集めたものだ。近頃よく演じられている落語の種本になっている。

「んな古い本に書いてあっちゃたまりませんよ、アタシがこさえた噺なんですからね」

「なるほど、それであれば題をつけてくださいませ」

邑楽のように身の回りで起きたことを落とし噺に仕立てる者もいる。

そういった場合には演じる者が題をつけなければ、その噺は名無しの権兵衛のまま
まだ。

「おう、そうなぁ……『カタブツ武家娘』なんてどうです？」

やっぱり、自分を茶化した噺だった。

「なんですか、カタブツって。そんな変な題おやめくださいませ」

「変なったって、訊ねたのはお前さんですよぅ？　そもそも、落語にゃあ題なんてないんだからさぁ」

「え？　題がない……ですか？」

伊予は首を傾げる。そんなはずはない。

楽屋では伊予のような芸歴の短い見習いが高座にかかった噺の題を、帳簿に書きひかえている。

それなのに、題がないとはこれいかに。

「ああ。『茶の湯』だの『手紙無筆《てがみむひつ》』だのってのは、楽屋の符丁さね」

「ふちょう……」

「寄席がご禁制だった頃、通ぶりたい旦那衆がお馴染みの噺に題をつけてね。それを楽屋で使ってるのさ」

つまりは、古くからある定番の噺にはお客にはわからないように題をつけているということだ。

「ま、近頃は寄席も増えてきて、通ぶった客も増えてきてねぇ。符丁だってぇのに、やれ題を教えろだなんだって野暮が増えてきて参っちまうよぅ」

「野暮、なのですか？」

面白い噺があったのならば、その名を知りたいと思うのは当然なように思うけれど。

「仲間内だけで通じればいいんですよぅ。それにさっきのはアタシの思いつき……別にお前さんを演じたわけじゃありません」

「むぅ」

苛立ちを見透かされていた。他でもない邑楽にそう言われてしまえば、伊予は言い返せない。

「そんなことより」と、邑楽はきょろきょろと何かを探す。「お前さん、そろそろ腹減ったんじゃないかい？」

「……いえ。大丈夫です」

それよりも次の仕事に――そう言おうとしたときだった。

ぐぅうぅ、と間抜けな腹の音が鳴り響く。

伊予はとっさに帯の上から腹を押える。武家の娘らしく一文字にきりりと締めた帯を突き破って、きゅるる、と切ない音色が響く。

腹の虫の鳴き声は、往来のざわめきも何するものぞといった勢い。

「……ぶっ」

「し、師匠！」

「あっははは！」

人目も憚らずに大口を開けて笑う色男に、往来の者たちがぎょっとした顔でこちらに注目する。

顔から火が出そうだ、と伊予は思った。

笑い転げる邑楽を見た人々が、「なんだ、邑楽師匠か」と苦笑いをしている。さすが、顔が広く知れているというわけだ。

「ほら、行きますよ」

「は、はい？　でも師匠、このあとは別の寄席小屋に出番がありますよ！」

千両亭はまだ日の高いうちに寄席を開く珍しい小屋だ。

昼は芝居小屋。

夜は寄席小屋。

それが江戸の演芸のお決まりだ。

芝居見物といえば、一日がかりの娯楽だ。暁八つ（午前二時頃）に一番太鼓が鳴るのだから、金のある桟敷《さじき》の客などは日の昇る前から駕籠《かご》に乗り込むことになる。

暮れ六つ（午後六時頃）には幕になってしまうのだから、あくせくと働く職人や商人といった男衆はおいそれと芝居見物をするわけにはいかない。

その点、寄席はよくもわるくも手軽な娯楽だ。

男たちの仕事が終わる頃合いに、寄席小屋に灯がともる。

演じるほうも、たっぷりとはやらない。仕事帰りの庶民が、わっと笑ってさっと退散する。だから、近所に寄席小屋があることが好まれるわけだ。近頃の寄席小屋の増え方といったらない。

芝居小屋がお天道様ならば、寄席小屋は月というわけだ。

役者の声真似や形態模写で評判の芝居をたったひとりで演じて見せる、芝居噺というのをやる芸人もいる。それが昼に芝居を見に行けない客に大ウケして、寄席小屋の人気を後押ししていた。

このところは日の高いうちの昼席と暮れてからの夜席とで興行を分ける寄席も出てきている。

売れっ子の邑楽には、もちろん昼にも夜にも出番がかかる。

「なぁに、まだ暇はたっぷりあります。というか、掛け持ちだなんて、口うるさい小姑の目がなけりゃやりたくもねぇし」

「小姑……というのは、もしかして私のことでしょうか」

「他に誰がいるんだい」

カッと伊予の頬が熱くなる。

「師匠、なんてことを。少しでも早く次郎吉さんに店賃をですね⁉」

「あぁ、うるさいですねぇ！」

伊予の小言を邑楽がさえぎる。

「ちっとは時間があるだろう。せっかく懐があったかいんだ、寄り道して腹ごしらえくらいしてもバチは当たりませんよぅ」

にたり、と邑楽はいたずらを思いついた子供のように破顔した。

◆◆◆

その屋台のそばに寄ると、空気が変わった。

伊予がはじめに気がついたのは、ごま油の匂い。

次に気がつくのは、人だかりと熱した油とが作り出す熱気だ。

しゅわわ、ぱちぱち。

小気味の良い音を立てる鍋に、香りの良いごま油が沸きたっている。

無愛想な男が、岩みたいな顔とは裏腹に繊細な手さばきでビカビカ光る青魚を開く。天麩羅《てんぷら》のタネだ。

こぶりだが身の締まっている江戸前の白身魚だ。

下味をつけたタネにどろりとした衣を纏わせて、そのそばから油の中に滑り込ませるように鍋に投げ入れる。

室町《むろまち》。

同じ神田でも伊予の住んでいる鍛冶町よりも、雑多な活気がある界隈だ。問屋がひしめくこのあたりでは、蕎麦や寿司などの屋台がひしめいて商人や人足たちの胃袋を支えている。

邑楽の贔屓《ひいき》だという天麩羅屋は、そのなかでもいっとう人を集めていた。

「よぅ、大将」

よく通る声で邑楽が挨拶をすると、岩みたいな店主はちょっと顔を上げて口をへの字にした。

「あの方、お怒りになってはおりませんか？」

「馬鹿言いねぇ、笑ったんだよ」

「笑ったって、先ほどのが？」

「大将、ひとつもらうよ」

伊予は一瞬、たじろいだ。

家禄はもらっていないとはいえ、武家の娘だ。屋台で買い食いなどはひかえるべきであろう。

「遠慮するこたぁないですよぅ……ほれ、食いねぇ」

邑楽が長い串に刺した天麩羅をつまみ上げ、伊予の口に突っ込んだ。

「え……はふっ！」

ああ、いけない。町人のように買い食いだなんて――けれど、この香りの良い衣には逆らえなかった。

ごま油の濃厚な香りが、猛烈に食欲を誘う。

さくり、ざくざく。衣を噛むと、しっかりと下味がついた魚が――おそらく、アジだ。ふわりと口の中でほどけて、青魚の臭みはほとんど感じなかった。

……美味しい。

目を丸くする伊予に、邑楽はまるでいたずらっ子のような顔で笑った。

ごくん、と天麩羅を飲み込んだとき。

「邑楽師匠！」

甲高い声が響いた。

きゃんきゃんと子犬が吠えるような、少女の声だ。

「え？」

「こっちだよ」

下から聞こえる声に思わず辺りを見回す。

勝ち気そうな小さな女の子が伊予と邑楽を睨むように見上げていた。

「邑楽師匠、まぁたタダ食いに来たのかい？」

「小さい女将は怖いねぇ、タダじゃなくってツケってんですよぅ」

「払ってもらえないツケはタダ食いってんだよ。こんなカタギの女《ひと》たぶらかして、一体何してるんだい！」

「手厳しいなぁ、おみっちゃん」

小さな女将はミツというそうだ。

十にも満たないだろう子に睨まれても、邑楽は飄々《ひょうひょう》としている。

ここでもツケか。がっくりと伊予は肩を落とす。

どうやら、店賃の他にもきれいにしなくてはいけないツケがあるようだ。

「申し訳ございません、ここは私がお支払いします」

「お？」

ミツが目をぱちくりさせて伊予を見る。

その後ろでは、父親であろう岩店主が黙々と天麩羅を揚げている。

「お客さんですね、いらっしゃいまし！」

今までぷりぷり怒りながら邑楽を睨んでいたミツが伊予に輝くばかりの笑みを向けた。殿方であれば、いや、殿方でなくとも、このいたいけな子の笑みの虜になるだろう。

「アジに野菜に白魚のかき揚げ、なんでも美味しいですよ！」

なるほど。

岩のような店主が揚げる天麩羅は絶品だが、それだけではこのような繁盛にはならない。この小さな女将であり、看板娘の愛想が人を呼んでいるというわけだ。

伊予は周囲を見回した。商人の店のでっちから屈強な職人、カタギには見えない若い男たち、年増の髪結い……暮らしの合間に天麩羅をつまむ人々の顔は香ばしい天麩羅とミツの笑顔にほころんでいる。

「おみっちゃん、今日のおすすめはあるかい？」

「うちはなんでもおすすめですよ、旦那！」

「ははは、商売上手だ。どれ、かき揚げももらおうか」

寡黙な店主のかわりに、テキパキと客あしらいをしているミツに伊予は驚く。こんなに小さな子供が、お客を笑顔にしている。

（それに比べて、私は……）

伊予とてただ日々を過ごしているわけではない。

邑楽の尻を叩いて仕事をさせつつ、落語の種本である滑稽噺を集めた黄表紙本や法話集などを読んでいた。

邑楽の小咄を聞き覚えて、こっそりと道場の裏で口ずさむように稽古していたりもする。

けれど、いまだに伊予の芸で誰かを笑顔にしたことはない。

伊予は胃がきゅうっと切なくなるのを感じた。今度は空腹のせいではない。

そんな間にも伊予の目の前で天麩羅は飛ぶように売れていく。

額に汗して働いていた町人たちが、昼すぎまでの仕事を終えて腹を満たしにやってきたのだ。

(情けない……今日も私は何もできなかった)

じっと考え事にふけっているところに、邑楽が伊予を呼ぶ。

「おい、お前さん」

「は、はい？」

「ちょうどいいや、お前さん一席やってみなよ」

「……え？」

「マヌケな顔してないでよく見てみろぃ。次が揚がるのを待ってる御仁が、少ぅしずつ列から離れてるだろ」

「はい、左様でございますね」

岩みたいな店主がどんなに手早く天麩羅を揚げ、ミツが忙しく客あしらいをしても、どうしても待つ客が出てしまう。すると、いくつか数える間もなく列の後ろから人が離れていくのだ。

「江戸っ子だからねぇ、手持ち無沙汰でボンヤリ天麩羅が揚がるのを待つやつはいませんよぅ」

「それで、私が一席でございますか」

「ああ、ここの大将は嬶《かかあ》を火事で亡くしてね。それから男ひとり、腕一本でおみっちゃんを育ててる……そうなりゃ、一文でも稼ぎは多いほうがいい」

「なんと、そのような……！」

伊予の心臓が高鳴る。

どうにかしてあげたい、助けてあげたい。伊予のお節介の虫が騒ぎ出す。

「おうい、おみっちゃん！　どうだい。こいつが小咄で客足を繋ぐってぇのは」

「姐さんが噺をするんです？」

忙しそうなミツが手を止めて、戸惑ったように伊予を見上げる。

慌てて邑楽に抗議した。

「でもっ！　師匠、私はまだ師匠から手ほどきを受けたことがありません。いきなり、こんな往来で……」

「さぁさ、お立ち会い！」

邑楽が蝦蟇の油売りのように声を張り上げる。

途端に、天麩羅の揚がるのを待っていた人たちが、怪訝そうな、けれども期待を含んだ目でいっせいに伊予のほうを向いた。

「女で邑楽師匠の弟子か、いいぞぅ！」

「なんだい、珍しく師匠がイロ連れてるのかと思ったぜ」

「お堅そうな娘じゃないか。噺なんてできるのか？」

そんな声を聞きながら、伊予はくぅっと喉を鳴らした。

ドクドクと胃のあたりが痙攣している。目が定まらない。呼吸も浅い。

「ほれ、陰気な兄貴を笑わせるんなら、これくらいはやれるだろ？」

にこにこと人好きのする笑みを浮かべている邑楽。顔が良いったらないのが、腹が立つ。

それに邑楽の言うことは正論だ。

伊予は吉弥を笑顔にしたい。そのための弟子入りだ。

どんな稽古も、本番には敵わないのは剣術も同じだ。立ち合いになって初めて実力がわかるし、強くなる。

「い、い……」

大きく息を吸い込んで、伊予は見様見真似で声を発する。

「いっぱいのお運び、ありがとう存じます！」

邑楽が高座で一番に発するのが、この科白だった。

声が妙な感じでうわずってしまった。

けれど、やるしかない。

伊予は覚えている小咄のなかでも、一番のお気に入りを頭の中で何度も思い出しながら。

喋りだした。

——半刻後。

気の早い職人連中が湯屋に急ぐ姿を横目に、伊予は膝を抱えていた。

傾きはじめたお天道様がもの悲しい。

「……消えとうございます」

「あー、お姐さん。そんなに気落ちするなって」

天麩羅のタネが尽きて店じまい。

ミツが小さな手で、うずくまる伊予の背中を叩く。

「……」

「あちゃー。こりゃ、そうとうやられてるねぇ」

スベった。

それはもう、ずるずるにスベった。あれだけいたお客のうち、誰一人として伊予の小咄で笑った者はいなかった。

「ほら、トチりゃしてなかったじゃないか」

ミツの慰めに、さらに気持ちが沈む。

噺の筋や文句はひとつもトチってはいなかったはずだ。ひとりで壁に向かって稽古した通りにできた。

それなのに、ひとつも笑いをとれなかったのだ。

「はっはっは、スベったねぇ。小気味が良いくらいにツルッツルだ」

「……はい、師匠のおっしゃる……通りです……」

地獄の責め苦かと思った。

伊予がシャレを言ってもお客がクスリとも笑わない、あの重苦しい空気。屋台の周りで天麩羅のおこぼれを雀がつついている音が聞こえそうなくらいに、しぃんとしていた。

敗因はわかっている。

伊予の語りはカタすぎるし、面白みがなかったのだ。

さらに悪いことに、伊予は焦ってしまった。

もっと悪いことに、焦って、もっと声を張り上げてしまった。

伊予が剣術で鍛えたキンキンと通る声で叫ぶように喋るたび、客はすぅっと引いていく。地口と呼ばれる言葉遊びのようなシャレも、伊予が発するとただの言い間違いにしか聞こえなかった。

「……うぅ、死にそうです……恥ずかしい……私、本当に、消えたい……」

お客が笑わないことが、こんなにも辛いとは。

どうにかして笑わせてやろうと、力一杯小咄を演じた。すべてが、空回り。

まるでぐらぐら沸いている熱い湯に肩まで浸かっているような、今すぐ逃げ出したい気持ちのままで伊予は手持ちの小咄をすべてやりきってしまった。

恥ずかしい、やるせない。

隣で煙草入れを探して懐をまさぐる邑楽は、あっけらかんとして言った。

「そんなおっかない顔することたぁありませんよぅ、あたしがどうにかしたじゃありませんか」

「だから居たたまれないんです！」

「たしかに、邑楽師匠はさすがだったねぇ……ツケは払ってもらうけど」

伊予の下手な小咄のせいで、まるで長屋の掃きだめのような空気になってしまったところで、邑楽がおもむろに喋りだしたのだ。

その途端に、居たたまれない空気が一変した。それからほどなくして、どっと沸きたつような笑い声が響いた。邑楽の芸で客はみな笑顔になった。

からりと揚がった天麩羅も、笑い声につられるように飛ぶように売れた。

「やはり、私は駄目なのです……」

「あー、その、なんだ。誰だって一度は通る道だ、気にするこたぁねぇ。芸人はスべってやっと一人前ってんですよぅ」

「……ありがとうございます」

「殊勝じゃありませんか、鬼弟子のくせに」

「それは……え？」

鬼弟子？

いま、弟子と呼んだか？

「あの、師匠……私を弟子と認めてくださるのですか」

「おう、言っただろ。スベって初めて一人前ってな」

絶句した。

あんなみっともない姿を見せてしまったのに、逆に認めてくれるなんて。

「今までも何度か弟子入り志願ってのは来ましたが、どいつもこいつも、今のをやると何か理由を付けて勝負したがらないんですよぅ。芸人やるにゃ、度胸が足りねぇ」

「度胸……」

「あれだけズルズルにスベっても、お前さんは噺を途中でやめなかっただろう。骨があるじゃぁありませんか、面白ぇじゃありませんか。正直、驚きましたよぅ」

「……師匠」

「おう、なんだぃ」

「師匠と弟子ならば教えてください。私、これでもうんと壁に向かって稽古をしたのです。なのに、あんな……どうしたらよいのでしょうか……悔しいです」

伊予の問いかけに、邑楽はすっと真面目な顔になる。

「そうだねぇ……いいかい。お前さんはお節介だなんだと他人様に興味津々《きょうみしんしん》なようだが、そりゃ本当のところはそうじゃない。お前さんは――」

邑楽の言うことは、きっと耳に痛いことだろう。

もう、本当に。

「消えてしまいたいっ！」

「……え？」

叫んだのは、伊予ではない。

若い男の声だった。

「またこの声か……」

ミツがウンザリした様子で嘆いた。

「またって、誰の声なの？」

「知らない。何日か前から、たまにこいつが叫んでる。商売の邪魔だよ」

ただでさえ、お父ちゃんの愛想がないぶんアタイが気負ってるのにさ、と頬を膨らませる。その頭を撫でようとして、ぱちんと手を払いのけられた邑楽が肩をすくめた。

「あー、声はあちらから聞こえたな」

「私、行ってきます！」

伊予は思わず駆け出した。

「おい、止まれ鬼弟子！　やばい奴だったらどうするんだ！」

「でも、師匠。消えてしまいたいって言っている人がいるんですよ。放っておけるわけないじゃないですか」

声のするほうに駆け出していく。

表通りから、裏路地へ。

どぶ板を飛び越えて、怪しげな手相占い師の店の前。

上等そうな絹物《やわらかもの》の羽織をボロ雑巾みたいにした男がうずくまっているのを見つけた。

「しっかりなさってくださいませ！」

伊予はごみまみれの男を躊躇なく助け起こす。

「うぅ……消えてしまいたい」

「大丈夫ですか。もし、もし！」

男は瓜実《うりざね》顔の優男で、ひょろりとした体軀をしている。

肉体労働とは無縁の細い腕。骨と皮ばかりで、へにゃへにゃとした体。竹刀も木刀も握ったことはないだろう、と伊予は思った。

男は意識が朦朧としているようで、「うーん」と唸ってばかりで瞼を開けてはくれない。

「どうしましょう……」

「おいおい、大丈夫なのかぃ」

追いついてきた邑楽は、伊予が危ない目にあっていないことを確かめるとほっと息をついた。それを伊予には悟られないように、いつものへらへらした薄笑いを浮かべる。

「あ、大丈夫ってのはその御仁のことだ。お前さんに投げられたら、痛いですからねぇ」

「わ、私だって誰彼かまわず投げているわけではありません！」

邑楽のことは何度か投げたり殴ったりしたかもしれないけれど、それはそれ。この落語の名人が、どうにも不真面目で不誠実なのが悪いのだ。

「……あれ、ここは」

「気がつきましたか！」

そんなやりとりをしていると、男が目を覚ました。

見るからに青白い顔色と、げっそりと痩せ細った頬。どこからどう見ても病人である。

「……ん、待て。お前さん、もしかして材木問屋の……」

邑楽が男の顔を覗き込む。

「お知り合いですか？」

「ああ、たしか材木問屋丸山の若旦那だ。牛込の」

丸山という材木問屋は邑楽のお得意様のひとつらしい。寄席小屋での興行にある出番の他に、この頃の噺家の大切な稼ぎ口として旦那からお声がかかるお座敷がある。ご祝儀を弾んでもらえば、暮らしむきは安泰。芸人のなかには寄席小屋などそっちのけで旦那衆にすり寄る者もいる。

邑楽は旦那に媚びるのは面倒だと言って憚らず、寄席小屋も気が向いたときにだけ顔を出すという不届きな姿勢でいるわけだが。

「お名前はぁ……そう、孝輔《こうすけ》さんだ。カタブツこーさん」

伊予に向かって「カタブツのマナカじゃねぇか」と意地悪そうな顔をする邑楽に言い返そうとしたとき、伊予の腕の中で孝輔が口を開く。

「あ、なたは、邑楽師匠……」

まるで幽霊のような顔で、孝輔は邑楽をじっと見つめる。

「師匠、このあたりで天女のような別嬪《べっぴん》の娘を見ませんでしたか」

「ん？　娘ってんなら、そこにも一人いますよぅ」

「いえ……ですから別嬪の……」

「し、失礼な！」

伊予は膝に抱いていた孝輔の頭を押しのける。

地面にしたたかに頭を打って、孝輔は「きゅう」と唸った。

「うわ、痛そうだねぇ」

目を回している孝輔を、しげしげと見る。

見るからに憔悴していて、「消えてしまいたい」と嘆いていた。

「……」

「どうしたぃ、鬼弟子」

「……師匠。この御方のお家をご存じなのですか」

「おう、知ってますよぅ」

相変わらずへらへらしながら、孝輔の頬をぺちぺち叩いている邑楽に向き直る。

「教えてください。きっと家の人も心配しているでしょうから、家までお送りしましょう」

むずむずと、腹の奥で眠っていたお節介の虫が騒ぎ出す。

孝輔という男は年の頃も、青白い顔も、どこか自信なげなのに何かを秘めているような佇まいも。

いつの頃からか笑わなくなってしまった伊予の兄、吉弥にどこか似ていた。

◆◆◆

やっと牛込までたどり着いたときにはすっかり夕暮れになっていた。

町には、それぞれの匂いがある。

薬屋の立ち並ぶ日本橋本町《にほんばしほんちょう》ならば、薬の匂い。甘いような苦いような煎じ薬や乾物の匂いがそこかしこから漂ってきて、歩いているだけで病気が治るとか言われている。

伊予の住む鍛冶町あたりは鉄の匂いと甘い匂いが入り交じっている。その名の通りに鍛冶屋の多い界隈だから、余所より暑くて湿度も高い。だから、近隣の店の匂い——評判の求肥の匂いや、伽羅《きゃら》の油を練る匂いがよけいに濃く感じるのだ。

そして、ここ牛込はスギとヒノキの匂いがした。

材木置き場にほど近く、問屋がいくつか建ち並んでいる。飯能《はんのう》や毛呂《もろ》から切り出してきたものは、火事で家々が焼けるたびに建材として活躍してくれる。

すっと涼やかな材木の香りが、天麩羅でもたれた胃をいくらか軽くしてくれる気がした。

「今日の天麩羅はいやに活きがよかったですねぇ、まだ胃の中でピチピチ暴れてやがらぁ。苦しくて仕方ない」

邑楽がふーっと溜息をついて胃のあたりをさすっている。

うつろな表情で歩く孝輔の手を引きながら、それはもしかしなくても胃もたれではないだろうか、と伊予は思った。思ったが、言わないでおいた。

三十路が近いという邑楽はご機嫌に伊予よりも多くの天麩羅を口に放り込んでいたのだ。それでも細身なのだから、太らない体質なのかもしれない。

「って、師匠。孝輔様のお召し物で指を拭かないでくださいませ」

「あっはは。天麩羅の　指を擬宝珠《ぎぼし》へ　ひきなすり、ってな」

「孝輔様は擬宝珠ではございませぬ！」

「まったく、鬼弟子は口うるさいねぇ」

「……師匠、急ぎましょう。帰る頃には日が暮れてしまいます」

大通り沿いに歩きながら、濃い藍色と鬼灯《ほおずき》色の入り交じる空を眺める。

邑楽のところに行く前に夕餉の支度まですっかり済ませてきたので、家のほうは心配はないだろう。それに、伊予がお節介の虫にせっつかれている間は何を言っても無駄だと、父も兄も諦めている節がある。

少しくらいは帰るのが遅くなっても大目に見てくれるはずだ。

材木置き場から漂うスギの香りが濃くなってきた頃、

「ほれ、あそこだよ」

邑楽が通りの一角を指さした。

——とんでもない、大店だった。


材木問屋の大店というのは、やはり真新しい木の匂いがする。

店の奥にある座敷に通された伊予はそんなことを考えていた。

行灯の油が燃えるのを見ていると、店の主人が座敷に飛び込んできた。

「まことに、まことにありがとう存じます」

しきりに頭を下げている材木屋の主人は勘兵衛といって、孝輔に目元がよく似ていた。

とうの孝輔は、店先に着くなり番頭たちに担がれて二階に運ばれていってしまった。今は布団にくるまっているのだろう。

「いえ、当然のことをしたまででございます」

父と同じくらいの年の頃の勘兵衛に感謝され、伊予は胸を張る。いい気分だった。

「邑楽師匠までご同行いただいて……この時間でしたら、きっと寄席への顔付けもあったでしょうに」

「いやぁ。このところ鬼みたいな弟子が押し入ってきましてねぇ。働きづめでウンザリしてたとこで、いい口実ができました」

快活に笑う邑楽の言葉に、伊予は飛び上がった。

「……あっ！」

夜の出番のことを、すっかり忘れていた。

これでは出番に穴を空けてしまうことになる。顔を青くしていると邑楽が、悪戯っ子のように歯をみせる。

「けけ、なんでぇ鬼弟子。忘れてたのかぃ」

「師匠、もしや気付いていたのですか！　どうして何もおっしゃってくださらないのですっ」

「ははは。そりゃあたしゃできることなら出番をしらばっくれたいタチですからねぇ」

「ああ、もうっ！」

やりとりに気を回した材木屋の主人が腰を浮かせる。

「それは大変だ。早駕籠を回しましょうか」

「いーや、遠慮しておきますよぅ。夜は鶴亀亭《つるかめてい》ですからねぇ。林家なり三笑亭なり、怖い顔の連中がうろついてますからアタシのかわりなんていくらもいるでしょうよ」

「まったくもって申し訳ございません。本日のことは、手前どもからもお席亭にご挨拶に参ります……まったくこのドラ息子、どうしたらまともに戻ってくれるのやら」

「あの、孝輔様はご病気でいらっしゃるのでしょうか」

思わず伊予が訊ねると、丸山の主人は困ったように口ごもる。

「そうですなぁ……病といえば病です」

「では、お医者に診せなくては」

「はぁ、そのぅ……お医者様でも草津の湯でもといったところで」

「湯治も甲斐がないような病ですか……って、あっ！」

そこまで話して、やっと伊予はその病の名に思い当たる。邑楽がやれやれと肩をすくめた。

「やっと気付いたかぃ、色気のない娘だねぇ。まったく」

「い、色恋にうつつを抜かすような暇がなかっただけですっ！」

「はぁ、それで噺家に弟子入りとは恐れ入る」

「色恋沙汰と笑いになんの関係が!?」

また馬鹿にされている。

伊予はムッとして思わず言い返す。

「ははは、落とし噺ってのは人の心をみぃんなわかって、わかったうえで茶化すもんですよぅ。色恋なんざ、いっとう面白いもんだろうに」

「人が苦しんでいるのを面白がるなんて……」

「笑いってのはそういうもんです。苦しいものこそ笑い飛ばそうってもんさ」

邑楽はきっぱりと言い切った。いつになく真面目な横顔だ。

（……人の心をわかったうえで、茶化して笑い飛ばす……）

本当にそんなことをしていいのだろうか。

「あの、邑楽師匠。お弟子さん。これはお礼と言ってはなんですが……」

勘兵衛が差し出してきた包みには、いくらかの金が包まれていた。

「そ、そんな！　こんなもの、いただけません！」

と、伊予が断るよりも先に邑楽の白い腕がにゅっと伸びる。

「こりゃあ、どうも。恩に着ますよ、旦那」

「あ、師匠！」

さっさと懐に包みを入れてしまった邑楽を睨む。さすがに、うんと年上の男の懐に手を突っ込む気にもなれなかった。

伊予はふと気になって、勘兵衛に訊ねる。

「あの、勘兵衛様」

「はい」

「孝輔様は、どなたに恋患いをしているのでしょう」

天女のようだという娘に一目で岡惚れしてしまってから、孝輔は食べ物もろくに口にしなくなってしまったらしい。

それほどに入れあげる相手ならば、名くらいはわかっているのだろう。ちょっとした好奇心と、お節介の虫がうずく。

「……それが、わからんのです」

「え？」

岡惚れした相手が、わからない？

伊予は驚いて邑楽を見る。暢気に煙草をふかして大欠伸をしていたので、足をつねってやろうかと思った。

「倅があの様子じゃあ、手前どもとしても気が気ではございませんから手を尽くして捜しているのですがねぇ……どうにも見つからずじまいでして」

「手掛かりはないのですか？」

「はぁ……手掛かりといえば、これでしょうか」

一枚の手ぬぐい。

ただの手ぬぐいではない。伊予が使っている豆絞りとはわけが違う、朝顔の柄が鮮やかな、美しい染めの手ぬぐいだ。

けれど、真ん中から縦に半分に裂かれている。

「これは……？」

「馬鹿倅が持ち帰ってきた手ぬぐいです。なんでも、倅の履いていた下駄の鼻緒が切れたとかで、その娘さんが手ぬぐいで繕ってくれたのだとか」

「それ、逆ではありませんか!?」

男女の出会いといえば、切れた鼻緒を手ぬぐいで繕って……というのは草紙や何かでもよく見る。けれど、縦に手ぬぐいを裂くのは普通は男のほうだ。

「ずいぶんと気っ風の良い娘さんじゃありませんか、こりゃいいや!」

邑楽が愉快そうに笑う。

たしかに、あの青白い顔の孝輔ならばありえない話ではない気がする。

きれいに洗ってある朝顔の手ぬぐいを、じっと見つめる。

「あの、勘兵衛様」

うずうずと、伊予の腹の中が騒ぎ出す。

「はい、なんでしょうか」

「よろしければ、私がその天女さんを捜します!」

伊予を邑楽がたしなめる。

「おいおい、まぁた他人様の事情に首ぃ突っ込むのかい」

「でも師匠、孝輔様のあの顔色……このままでは、本当に死んでしまいます」

「どこの世界に恋患いでおっ死ぬ男がいるんですか」

「孝輔様が初の恋患いで死ぬ人になるかもしれないじゃないですか」

「よ、よしてください。縁起でもない！」

勘兵衛が盛大に顔をしかめる。

「御安心ください、勘兵衛様！」

伊予がずいっと身を乗り出す。

「その天女様、かならずこの橋本伊予が見つけて差し上げます！」

勘兵衛が「それはどうも」と煮え切らない返事をして、邑楽が「はーぁ」と気の抜けた溜息をついた。

◆◆◆

それから、五日ばかり。

邑楽の住む通称『からぬけ長屋』では、伊予の話で持ちきりだった。

芸人や芸者のような道楽者たちと落語に出てくるようなそそっかしい八百屋や植木屋ばかりが住んでいるからぬけ長屋の井戸端は、いつでも暇を持て余した住人らがたむろしている。

「まったく、伊予ちゃんのお節介ったらないねぇ」

と楽しげなのは、ハル。八百屋のはっつぁんのおかみさんだ。

「まぁ、そこがあんたのいいところだけどさぁ。こないだもウチの夫婦喧嘩の仲裁に乗り込んできてくれたし」

くすくす笑って伊予の頬を突いているのが、植木屋のおかみさんでナツ。

「あんたら、伊予さんを揶揄《からか》ったらあきまへんで」

上方訛りのフユが、年上風を吹かせて二人をたしなめる。

三人合わせて、春夏冬。

アキがこないで商売繁盛、というおめでたい女三人組だ。

(まぁ、この人たちもたいがい「へらへら」しているけれど……)

伊予が知る限り、彼女たちが井戸端でしているのは炊事でも洗濯でもなくお喋りだけなのだ。

「それにしても、手ぬぐい一枚じゃ人捜しなんてできないわよ」

「そうそう、お江戸八百八町。どれだけ広いと思ってるの」

「それに天女みたいな女っていったら、ここに四人もいるじゃないねぇ」

「そりゃ、違いあらへんわ」

あはは、と三人が笑った。

「……寄席には人が集まるので、みなさんに聞いて回っているんです」

伊予はそう言って、材木問屋の勘兵衛からあずかってきた手ぬぐいを取り出す。

今日も昼過ぎまで寝こけていた邑楽を叩き起こした伊予は、邑楽が顔を洗ったり髭をあたったりしている間は、こうしておかみ三人組と一緒になって井戸端にいることが多かった。

からぬけ長屋の住人は情が深い。生真面目に邑楽の弟子をしている伊予を放っておくはずがなかった。

「それで、寄席で天女は見つかった？」

邑楽の出番があれば、寄席小屋はたちまち満席になる。

老若男女が集まるので、お客のひとりひとりに伊予は朝顔の手ぬぐいを見せては何か知っていることがないかと訊ねて回っていた。

けれども、誰一人そんな手ぬぐいは知らないと。

めぼしい収穫があったとすれば、寄席小屋の客が伊予のことを覚えてくれたことだろう。

今まではずっと楽屋口から高座を見ていたけれど、声をかけてみれば客たちは気さくな人たちだった。もちろん、偏屈な者もいるけれど。

「いえ、からっきしです」

伊予が言うと、アキが愉快そうに笑う。

「そりゃそうよ、寄席に天女がいちゃたまらないって！」

「あら、でもほら。こないだ越してきた長唄《ながうた》のお師匠さんなんかは、別嬪さんだし寄席にも出るんでしょ」

ハルが言った。

「長唄のお師匠さん？」

「そそ、からぬけ長屋に花が咲いたなんていって、うちの人がはしゃいでた」

「失礼ねぇ、あたしたちだって花だよ」

「それにしたって、あの人なんていうんだっけねぇ」

「せやね、日がな三味線弾いて暮らしてはる……たしか、初瀬《はっせ》さん」

「深川《ふかがわ》あたりの芸者さんだったたって話だよ」

「初瀬さん……」

そういえば、と伊予は思い出す。

からぬけ長屋からチントンシャン、ツトン――と軽やかな三味線の音がしていた気がする。歌舞音曲にうとい伊予でも、「これはいいものだな」と感じる音色だ。

あれが、初瀬という人の弾く三味線だったのか。

「そんなにおきれいな人なのですか」

「そりゃ、もう！」

「深川でも売れっ子だったって」

「それが色々あって、からぬけ長屋住まいってんだよ」

「ワケアリって噂やでぇ」

矢継ぎ早のお喋りが止まらない。

「芸は売っても身は売らない深川の芸者さんだから、どんなワケだかは知らないけどね」

「身請なら、粋な黒板塀の家に住めるでしょうにねぇ」

「何もこんな、からぬけ長屋なんてねぇ」

「せやねぇ、からぬけ長屋だかナメクジ長屋だかわからへんとこにご転宅っちゅうのはおかしな話やで」

「な、ナメクジが出るのですか」

伊予は思わず後ずさる。

「あら、知らない？　じきに梅雨がきたら、そこらじゅうに！」

伊予は邑楽の住まう四畳半に、ぬとぬとナメクジが這っているのを思い浮かべて青ざめる。

いくら顔がよくったって、芸が冴えていたって、住んでいる家のそこらじゅうにナメクジが這っていたら台無しだ。

「……師匠のうち、掃除しなくちゃ」

来るべき梅雨に決意を固める。

と、そのとき。

「ほら、初瀬さんのお三味だよ」

チン、ツルテン。

ツルトン、チントンシャン。

チリトテチン。

小気味の良い三味線の音が聞こえてきた。

寄席では出囃子《でばやし》といって、噺家が高座に上がるときに曲を流す。邑楽の出番には、たいがい、木賊刈《とくさかり》という長唄の一節と決まっていた。艶があって、邑楽の姿形によく似合った調べだ。

寄席の三味線は幇間《ほうかん》という男芸者が弾いていることが多い。それが下手くそというわけではないけれど、この初瀬の三味線を聴いてしまうとあれが猿まねの芸に思えてきてしまう。

「よぅ、鬼弟子。マヌケ面してどうしたぃ」

「師匠」

振り返ると、ちょうど邑楽が身支度を整えて長屋から出てきたところだった。こざっぱりとした縞の着物がよく似合っている。

「……マヌケ面じゃありません」

きちんと整えれば爽やかな見た目とは裏腹に、人を揶揄ってばかりだ。そういえばかつて橋本道場に通っていた品行方正な寛一と同じ年頃のはずだが、とても思えない。

「見事なもんだろ、こりゃあ磨いた芸だよぅ」

「三味線ですか……初瀬さんの」

「知ってたかぃ」

にた、と邑楽は何か企んでいるような顔をする。

「まだ仕事まで間があらぁな、初瀬ンとこ顔出してみたらどうですかぃ」

「え？」

「……お前さんが捜しているお人に、会えるかもしれないよぅ」

邑楽が高座扇で、ひょいっと伊予の足もとを指す。履き物がすれた傷跡が目立っていた。

「人捜しってのに躍起《やっき》になってんだろ」

「……それは」

邑楽の言う通りだ。

朝は道場の朝稽古の仕度をして、それから家事を一通り。

昼過ぎからはからぬけ長屋へ行き、次郎吉に耳を揃えて店賃を納めさせるために、邑楽を寄席小屋まで引っぱっていく。その道すがらに孝輔の天女を捜して東奔西走。

夜の寄席やお座敷に邑楽を送り届けて、ワリと呼ばれる出演料を受け取り足早に家に帰る……腕に覚えがあるとはいえ、娘の一人歩きは危なっかしい。なるべく早いうちに帰るようにはしているものの、そのせいで休む暇もない。

伊予の顔には、少し疲れの色が浮かんでいた。

お節介に忙殺されそうだ。

「ったく。お節介も重なったら厄介ってんだよぅ」

邑楽がぼやく。

「芸人は見た目も大事だ、あんまりみっともないタコこしらえるんじゃないよ」

芸人がこさえていいのは座りダコだけだ、と肩をすくめた。

「……どの口が言うんですか！」

邑楽のほうこそ、伊予が言わなければ髪結いも髭をあたるのも五日にいっぺんすればいいほうだ。小汚いったらないけれど、不思議と邑楽から嫌な臭いがしたことはないのだから不思議だ。

伊予の反撃もどこ吹く風で、邑楽は三味線の音のする店のほうへとふらふらと歩いて行ってしまった。

「邑楽師匠と伊予ちゃん、いつ見てもお似合いねぇ」

と揶揄ってくるハルに「やめてください」と渋い顔を見せて、伊予は邑楽の背中を追いかけた。

初瀬の店《たな》の佇まいは、同じからぬけ長屋とは思えないほどにこざっぱりとしていた。ナメクジなんて逃げ出してしまいそうだなと思いながら、戸を叩く。

「こんにちは」

伊予は、自分の顔形に無頓着だ。

けれど、それは同じ年頃の娘連中と比べたらといった話だ。

白粉をはたくより小太刀を振っていたほうが落ち着くとはいっても、ちっとも涼しげではないどんぐり眼《まなこ》だって、少し低い気がする鼻だって気にならないといったら嘘になる。

そんな伊予から見ても、初瀬という女はたいへんな美しさだった。

「あらまぁ、邑楽師匠。寄席はいいんです？」

迎えてくれた初瀬は、涼やかな微笑みをたたえていた。

白い肌に、どこもかしこも丸みを帯びて、それでいて華奢な体。首はすぅっと長く、大きく抜いた襟からのぞくうなじからは、涼しげな香りがたちのぼってきそうだ。

初瀬の色香を前にしても、邑楽はのらりくらりとした様子。

我が師匠ながら妙な人だな、と伊予は思った。

「なぁに、少しばかり遅れていったほうが客も喜びますよぅ」

「悪いお人だこと」

「はじめまして、初瀬さん。橋本伊予と申します」

「可愛らしいお弟子さんだこと」

「え、その」

「干菓子でもいかが？」

子供あつかいだった。そっちの可愛いか、と少し肩透かしをされた気分。

「初瀬さん、今夜あたりアタシと一献いかがです？」

色男ぶった邑楽に、初瀬がにっこりと応じる。

「あら、あたしはかまいませんけれど」流し目が、伊予をとらえた。「可愛いお弟子さんがなんておっしゃるかしら」

「おっと、こぶつきがアダになったか」

「邑楽師匠は素敵な御方ですけれど、ねぇ」

「ははは、つれないねぇ」

フラれたのに邑楽は上機嫌。

伊予は驚いた。

(これが、大人の女の人！)

当意即妙。

軽やかで、楽しいやりとり。

どちらも伊予にはないものだ。

母を早くに亡くして男所帯で育った伊予にとって、玄人芸者の初瀬の立ち居振る舞いは、うんと大人びて見えた――のだけれど。

「さ、師匠。春とはいえ暑うございますから、お水でも召し上がって……」

初瀬が抱えていた三味線をわきにそっと置いて、立ち上がる。土間のところにある水瓶に向かって、

「きゃうっ！」

すっころんだ。

「い、いたぁい……」

「だ、大丈夫ですか」

「ごめんなさいね、大丈夫……家にいると気が抜けちゃっていけないわ。三味線弾いてると少しはシャンとしてられるのだけれど待ってね、今お水を……、あら」

カコン、と柄杓《ひしゃく》が乾いた音を立てる。

「あら……水瓶が干上がっちゃった」

「井戸から汲んでこないからでは……？」

「ああ、そう！　そうよね、あたしったら」

おほほ、と頬に手を当てて照れ隠し。初瀬は桶を片手に井戸へと駆け出して、たっぷり桶に水を汲んでくると、

「いったぁい！」

戸にぶつかってひっくり返った。

手桶がひっくり返って、

「……」

「はっはは、初瀬さん。相変わらずお茶目だねぇ。とんでもない美人なのに、そこが憎めない！」

「………」

先ほどの美しい三味線は、間違いなく初瀬が弾いていたものなのだろうか。なんだか信じられなくなってきた。

「はぁ、……お金が絡まないとどうにも気持ちが乗らないわねぇ」

溜息をつく初瀬。

伊予は思った。

この人も間違いなく、からぬけ長屋の住人だ。

おそらく、この四畳半もござっぱりしているのではなくて初瀬は暮らしというのに向いていないのだ。だから、鍋もなければお膳もない。

邑楽と同じで、屋台で鮨や天麩羅を摘まんで腹を満たしているのだろう。

「ごめんなさいねぇ、芸者ってのは家でおまんま食うようになっちゃおしまいだから」

「そうなんですか？」

「そうよ。お座敷がかかって旦那にご馳走してもらうのが、ほんとの芸者」

そんなものだろうか。

「……あの、着物がびしょびしょに濡れてますが……」

「あら、いけない！　誰かに拭いていただいてばかりだから、うっかり」

どんなうっかりだ。

伊予が「また変な人と関わり合いになってしまった」と溜息をついていると、あるものが目についた。

初瀬が懐から取り出した、手ぬぐい。

「朝顔！」

初瀬の白くて細い手には、もうすぐやってくる夏の朝を彩る、美しい花の染め抜かれた美しい手ぬぐいが握られていた。

それも、縦に裂かれている。

「あなたが、天女様！」

伊予は前のめりになって初瀬に話を聞こうとして、

「あうっ」

びたん、と手桶につまずいて転んだ。

これでは、おっちょこちょいの初瀬のことを笑えない。

「いたた……」

「ぷっ、うふふ」

バツが悪いやら恥ずかしいやらで起き上がると、驚いた顔をしていた初瀬が朝顔の蕾がほころんだように笑った。

「ぷっ」

「うふっ」

「あっはは！」

いつのまにか、戸の外からこちらをうかがっていたハルナツフユの三人もおかしそうに笑っている。

（あ……）伊予の胸が、とくんと鳴る。

笑わせた、というよりも笑われたのだけれど。

初めて、伊予が誰かを笑わせた瞬間だった。

◆◆◆

「邑楽師匠、出番です」

神田。どじょう鍋の三河屋の二階。

出汁と醤油の沸く匂いがたちこめている。

ここが今日の邑楽の仕事場だった。寄席ではなく、お座敷だ。席亭を気取ったどこだかの若旦那に促されて邑楽がのろのろと立ち上がる。

邑楽そっちのけで伊予が物思いにふけっていると、

「あら、怖い顔してちゃもったいないわよ」

二階の座敷の一番後ろ、伊予の隣に座った初瀬が囁く。

抱えているのは細棹の三味線で、小さく糸を弾いて調弦をしている。

「はっ」

初瀬の張りのある声。

チントンシャン、ツルテン。

初瀬が邑楽の出囃子を弾く。邑楽があくまで色っぽさを感じるけだるい仕草で急ごしらえの高座に座る。

ぱぁっと空気が華やぐ。

「いっぱいのお運び様でございまして、ありがとう存じます」

いつもの科白を合図にして、客がくぅっと見えない糸に引っぱられるように邑楽の噺に引き込まれていく。

天麩羅屋の人だかりで伊予がやったときには、ちっともそんなことはなかったのに。

（……信じられない、まさか）

伊予はむぅっと考え込む。胃の中がむかむかしている。

「まさか……孝輔さんの一目惚れが、仕組まれたものだったなんて」

つい、声に出してしまい慌てて口をつぐむ。

邑楽が驚いたように伊予を見て、そっと人差し指を唇に当てる。

——ちったぁ、お黙り。

やたらめったら顔のいい噺家が、そう言うときの癖だった。

「えぇ、仕入れたばかりの噺で一席――」

唄うように、邑楽が口を開く。

「さる材木問屋の旦那が、一人息子の行く先を案じているのだそうでぇございます。倅は女っ気がなさすぎる。商売《あきない》の手伝いに熱心なのはいいが、他は野郎連中で集まって馬鹿をしているばかり――お姐さんがたと遊びに繰り出す様子もないとは、どうしたことか……」

伊予は固唾を呑んで高座を見つめる。

座敷の片隅には材木問屋丸山の勘兵衛もいる。邑楽の言いつけで、わざわざ伊予が呼びに走ったのだ。

勘兵衛は邑楽の噺に、そわそわと尻が落ち着かない様子。

それもそのはず。邑楽の噺は、古くさい小咄ばかりではない。

身の回りで起きたことや、関わった人たちのことをじぃっと見つめて、それを落とし噺に仕立ててしまう。

カタブツの伊予のことを茶化した噺も、そうやって作った。

初瀬が朝顔の手ぬぐいを持っていることに驚いている伊予に、邑楽は言ったのだ。

『なんでぇ、少しもわかってなかったのか――だったらアタシが話してやりますよぅ』――と。

「旦那は思ったそうでございます。このままじゃうちの倅はカタブツのままオダブツになっちまう――そうしたら身代は誰に譲ることになるだろうか……そこで旦那は考えた。一人息子を傾国傾城の別嬪さんに岡惚れさせよう――ってぇんで、かの黒田孝高《くろだよしたか》官兵衛《かんべえ》も真っ青の名将ぶり！」

名高い智将になぞらえた大袈裟な物言いの馬鹿馬鹿しさに、また客が沸いた。カンベエ、という名に伊予はびくびくしながら勘兵衛のほうを盗み見る。

「旦那の計略は上手くいった！　当代イチと名高い芸者を身請したというツテをた

よって、傾国の深川芸者殿にちょいとした金を握らせて息子にけしかけたところカタブツだった倅殿はもう、とろんとろんに蕩けちまったんだそうで」

邑楽がやにさがった表情を作って客の笑いを誘う。誰がどう見ても男前のくせに、邑楽はおかしな顔をして笑いをとることに躊躇がない。

「上手くいった、いきすぎた。倅殿、天女に出会ったってぇ夢見心地になっちまって深川芸者に恋患い。食うものも食わず、ずぅっと名も知らぬ天女を捜す日々だ。どんどん、どんどん、やつれちまって見る影もない――……恋患いにいっとう効く薬ってぇのは、きれいさっぱりフラれることなんだぁそうでございます。まぁ、つれない女ってのもそそるもんでございますが」

語り口が熱を帯びて、客は邑楽の噺の続きを息を呑んで待っている。

「もちろん材木問屋の旦那だって、そんなことぁわかっていらっしゃる――息子と違ってこちらの旦那は若い頃からキの多い方だったそうですから、えぇ、材木屋だけに！」

少し噺の矛先をずらして客をじらしたかと思えば、すかさず地口で笑いを誘って間を持たせる。

「ええ、左様でございます。ちょいと倅殿を揶揄ってくれればよかったはずの傾国の深川芸者……これが、カタブツで女っ気のない倅殿にすっかり岡惚れしていたんだそうでして！」

とたんに、浮いた噺に早変わり。客はニヤニヤと嬉しそう。

他人様の色恋沙汰よりも面白いことはない、とからぬけ長屋のおかみさん連中が声高に言っていたのは本当のようだった。

チントンテン、ツルテン。

チントンシャン、ツトン。

「初瀬さん……あの、師匠のあれ、本当なんですか？」

突然に鳴り始めた三味線に、伊予が隣を見る。

白い肌を耳まで真っ赤に染めて、初瀬は三味線を弾いていた。目が潤んでいる。

たぶん、そうしていないと悶えてしまいそうなのかもしれない。

（ほ、本当なんだ……）

座敷の隅にいる勘兵衛が、驚いたように高座の邑楽と三味線をかき鳴らす初瀬を見比べている。

やはり、邑楽の噺は事の真相を言い当てているらしい。

信じられない。

だって、孝輔は青白くて、ひょろりとしていて。お世辞にも二枚目とはいえない見た目だった。一方、初瀬は天女というあだ名が大袈裟でもなんでもないほどの美しさ。少しも釣り合っていない。

孝輔が初瀬に岡惚れをしたというのはわかるけれど、その逆……初瀬が孝輔を好いているなんて、にわかには信じがたい。

けれど。

（……初瀬さん、さっきよりもずっときれい）

高座の上で邑楽が、孝輔と初瀬の恋患い騒動を面白おかしい落とし噺にして演じているのを聴きながら、初瀬はずっと微笑んで目を潤ませていた。

きっと、孝輔のことを考えているのだろう。

「瀬を早み岩にせかるる滝川の　われても末にあはむとぞ思ふ――などと申しますが、ご両人の恋路はいかに」

邑楽が噺を落としにかかる。

割れても末に買わんとぞ思う、なんていう地口で噺にオチをつける。おそらくは、芸者の身の初瀬とひっかけたものだろう。

噺としてはまだまだ粗削りだが、さすがの話術に客は頬を紅潮させて喜んでいる。邑楽はこの噺を気に入った様子で、上機嫌だ。何度も何度も演じて、削って直して、ずうっと高座にかけられるような噺にするつもりだろう。

材木問屋の勘兵衛が、むすっとした顔をしてそそくさと座敷から出て行ってしまう。

「あ、待って――」

伊予はそれを追いかけた。

◆◆◆

夜道にいくつも提灯が灯っている。

どじょう鍋の店が出ているような界隈というのは、蕎麦屋の屋台が多く出る。どじょうというのは精を付けるものだから、夜遊びの前に食べる。夜遊びでもって遅くなれば、小腹が空いて蕎麦を手繰ってから寝床へ帰る。

だから、どじょう鍋と蕎麦屋は同じような町内で商いをするのが具合がいいのだ。日没から商いを始める夜鷹蕎麦がやたらと目につくのは、伊予にとってはそれが珍しいものだからだ。

夜鷹蕎麦が繁盛する頃合いには、まともな娘であればとっくに家に引っ込んでいるのだ。

「いやぁ、邑楽師匠にはかないませんなぁ」

怒っているのか、いないのか。

よくわからない表情で勘兵衛は肩をすくめて、初瀬に向き直る。

伊予が勘兵衛を引き留めている間に邑楽と初瀬も追いついてきて、牛込にある材木問屋丸山まで四人で歩くことになったのだ。

「はて、なんのことですやら」

「師匠はお人が悪い。……初瀬さん、ずいぶん捜しましたよ」

勘兵衛の苦虫を嚙み潰したような顔に、伊予は首を傾げる。

「捜してた、ですか？」

「ええ、『孝輔をフってほしい』と手紙を書いたとたんに、初瀬さんがどこかに雲隠れしたと聞いて肝が冷えました」

「あいすみません……あたしどうしても、孝輔様を袖にするなんてできなくて」

恋する横顔で初瀬が俯く。

「手紙《ふみ》を読んで、わけもわからず駆け出してしまったんです。それで何度かお座敷でご一緒した邑楽師匠を頼って、長屋に駆け込みました。どれだけ店賃を溜めても追い出されない気楽な長屋だと聞いて……」

「成敗！」

「いでで っ」

伊予は思いきり邑楽の向こう脛を蹴った。

自分が店賃を溜めるだけでなく、他の人をそそのかすなんて。

けれども、これで合点がいった。初瀬の家がガランとしていたのは、着の身着のままで駆け込んだからだ。芸人の多いからぬけ長屋だから、三味線はどこかから拝借したのだろう。

「しかし、どうしてうちの孝輔になんぞ惚れたんですか。親の私が言うのもなんだが、たいしたご面相でもないでしょうに」

「ふふ……孝輔様は覚えていないようでしたけれど、あたしが身請されてすぐの頃にお会いしたことがあるんですよ」

初瀬は、昇り始めた月を見上げる。

深川芸者だった初瀬は、贔屓の旦那に身請されてすぐ神楽坂の近くに小さな一軒家をあてがわれた。

けれども、芸の世界で生きてきた初瀬は身の回りのことなどさっぱりできない。というか、それはもう破滅的なまでに何もできないのだ。

もちろん、身の回りの世話をしてくれるばあやはいたけれど、旦那はあれこれと初瀬に世話を焼いてもらうことを望んだ。

「旦那様は、芸者がほんの少しばかり所帯じみたところを見せるのが、かえっていいんだっておっしゃるんですけど……」

金や芸事が絡まないと、まったくもって役立たずの初瀬。

右も左もわからずに難儀しているところを、幾度も孝輔が助けてくれたのだという。

はじまりは脱げた初瀬の草履を孝輔が拾ったところからだった。初瀬が井戸から水を汲み上げられずにいたら孝輔も不慣れながらも一緒になってつるべに絡まったり、芸者をしている頃に口にすることが御法度だった匂いのきつい野菜に目を白黒させている初瀬の背中を孝輔がさすってやったりして。

「驚きました。孝輔様は女に慣れていないのか、初めは目も合わせてくれないんです」

やがて初瀬はどうにか孝輔の名を聞き出した。

「はじめは、ただ親切な方だと思っていただけなんです。あたしには旦那がいますので……でも、ほどなくして旦那のお内儀さんが妾がいることを良く思わなくなりまして、えぇ……お子さんができたのだとかで」

正妻と妾は同じように暮らせるようにするのが旦那の甲斐性。

けれども、それはあくまで建前だ。

悋気は女の慎むところ、疝気《せんき》は男の苦しむところ——そんなふうな言葉が流行るのは、女は悋気を慎めない事情があるからだ。

正妻の肩を持つのか、妾を可愛がるのか。それは旦那の胸三寸で決まってしまう。

「もうすぐ手切れになるところなんです。長らく旦那とはお会いすることもなくて……そうしたら、あたしの頭の中にずぅっと孝輔様がいらっしゃるようになってしまって」

芸者としての初瀬は、誰にも引けをとらない。

唄も踊りも三味線も、宴席での振る舞いも一流だ。

けれどもそれは、金が絡むからできること。金が絡まない普段の暮らしぶりは、まったくもって褒められたものではない。良妻とはほど遠い。

芸者としての初瀬を好いてくれる人はいた。身請してくれた旦那がそうだ。

けれど、役立たずなただの女を好いてくれたのは孝輔が初めてだった。

現に、身請してくれた旦那が手切れを言いだしたのはお内儀さんの悋気だけが原因ではない。

芸事の他は初瀬があんまりにもどんくさいというので、近頃はどうも旦那の気持ちは白けてしまっていた。

「そんなときに、孝輔様に近づいて色目を使えなんて妙なお話があって驚きましたよぅ……でも、嬉しかったんです、あたし」

初瀬の初めての恋。

「あたしは、孝輔様が好き」

「……しかし」

勘兵衛が渋る。

伊予はよけいにムッとした。

つまりは、初瀬はただ使われただけ。金を握らされて、孝輔をたぶらかしてくれればそれでよかった。それ以上の……本当の恋は、しないでほしかったのだ。

なんだそれは、と伊予は思う。

伊予も同じことを、父に言われたことがあった。

武芸はたしなみ程度にしてくれればよかったのだ、と。伊予が父の教える剣術を熱心に学べば学ぶほど、父は伊予をたしなめた。

ほどほどでいい。

本気になど、なるな。

ふざけた話だと、伊予は思う。

女である伊予とは逆に、剣術に本気になれない吉弥のことを同じように父は「正しくない」と思っている節がある。それが吉弥を苦しめる。

孝輔に女っ気がないのだって、当人がよければそれでいいじゃないか。

それなのに、どうして。

「……どうしてです」

「はい？」

気付けば、伊予は勘兵衛に食ってかかっていた。

「そのようなことをして、何になるのですか」

お節介の虫にせっつかれるようにして始めた人捜し。

感謝されるはずだった。

それなのに、どちらかというと勘兵衛には迷惑そうな顔をされた。

きっと勘兵衛は、「手を尽くしたが見つかりませんでした」という結末が欲しかったに違いない。

「孝輔さんにも初瀬さんにも不義理じゃないですか、二人を近づけておいて、本気になるな、だなんて！」

「そこまでだ」

ぴしゃりと鋭い声で、邑楽が伊予の言葉をさえぎった。

「だって、師匠！」

「だってもへちまもねぇ、弟子ならアタシの言うことを聞きな」

「……は、い」

「お前さんは、親の心子知らずって知らねぇんですかい？」

そんなことは知っている。

親が子を思う心を、子は知らない。知らないからこそ、親に対して生意気を言ったりする。儒学では年長者はかならず敬えと教えているし、伊予もやはり最後には父に逆らえない。

（……でも、おかしいです）

伊予の心は落ち着かない。

釈然としない顔をしている伊予に、邑楽は言い聞かせるように語りかける。

「いいかい、江戸にゃあ男は掃いて捨てるほどいるが、女はそうじゃねぇ。材木問屋の大店のお坊ちゃんといえど、いい嫁をもらえるかはわからねぇ。見合いが上手くいかなきゃ、ずぅっと独り身かもしれねぇ」

「師匠みたいに、ですか」

「隙あり！」

「いたっ」

邑楽がぺしんと伊予の額を叩く。

油断していたとはいえ、なんという機敏な一撃だろう。伊予は密かに舌を巻いた。

「一言余計だよ」

「でも……」

「いいか、鬼弟子。お前さんは、よぅく人のことを考えなくちゃいけない」

「私はいつだって人助けをしたいって思っております」

ムッとした。

伊予はいつだって、お節介の虫にせっつかれて人のために走り回っている。邑楽だってそのおかげで、十九も溜めていた店賃がもうすぐ十五まで減らせる算段になっている。毎月の店賃も納めながら、だ。

感謝されこそすれ、おでこを叩かれる謂《いわ》れなど——。

「どうして感謝されないのか、って考えちゃいませんか?」

「……それは」

図星を指された。

「お前さんのお節介、そりゃ相手をお前さんの思う通りにしたいってぇだけじゃあないかい?」

「え？」

ちくり、と胸が痛んだ。

邑楽は静かに、普段は見せない真面目な顔で語りかける。

「笑わせたい、笑わせてやりたい……そういう気持ちをお客は聡く感じるよ。だから、高座では己じゃなくてお客を見るんだ。噺家ってのは、笑われるくらいでちょうどいい」

おしまいのほうは、まるで自身に語りかけるように。

けれど、伊予はひんやりとしたものを感じた。

たしかに伊予のお節介は、伊予自身のためだったかもしれない。

誰かに感謝されたくて……誰にも咎められずに、伊予が他人様に褒められるために……。

(だけど、兄上に笑ってほしいという気持ちは嘘ではございませぬ)

でも、それは誰のためなのか。

兄のため……それとも、自分のため？

「ほら、鬼弟子。あれ見ろぃ」

「え……？」

「お前さんが偉そうにご高説垂れなくても、物事ってのは良いほうに進んでくのさ」

邑楽がすっと指さすその方向。

ふらふら、ゆらゆら。

青白い男が走ってくる。その手には、縦に裂かれた朝顔の手ぬぐい。先ほど伊予が丸山に返しに行ったものだ。

「孝輔様！」

駆け出したのは、初瀬だった。

ろくに眠らず、ほとんど食べてもいない体で駆けてきた孝輔は何もないところで蹴っつまずいて転びそうになる。

それを、初瀬が抱きとめた。

「て、天女だ……本当だったんだぁ……」

へなへなと座り込む孝輔。

「孝輔、お前どうして……！」

驚きに目を丸くする勘兵衛。

伊予も同じ気持ちだった。孝輔がどうしてここにいるのだろう。伊予が店に呼びに行ったときに声をかけたのは勘兵衛だけのはず。

「からぬけ長屋の連中は噂好きでねぇ」

愉快そうに邑楽が言う。

「たとえば面白そうなことが長屋で起きちゃぁ、おかみさん連中が黙っちゃいないだろ。そしたら、そそっかしい八百屋も植木屋もほうぼうで言いふらしちまいますよぅ」

「あっ！」

伊予は思わず声をあげた。

ハルナツフユの、アキナイ三人娘。娘というには年かさだけれど、からぬけ長屋のおかみさん連中は炊事も掃除もそっちのけで日がな噂話に明け暮れている。

江戸の町を一番速く駆けるのは、飛脚でも火消しでもない。

噂話だ。

天女を捜す孝輔のところに、からぬけ長屋の噂話が届いたのだ。

「……師匠、これを狙っていたのですか」

「さぁねぇ」

ふふん、と得意げな邑楽。

恋患いの孝輔と天女を引き合わせる……伊予があちこちを歩き回ってできなかっ

たことを、邑楽はあっという間に成し遂げてしまった。

「どうして……」

そんなこと、わかっている。

邑楽はじぃっと人を見ているのだ、温かい目で。

噂好きのおかみさん連中の前で、面白そうな話をする。

初瀬とだって、伊予の知らないところで何度も言葉を交わしていたのだろう。

だからこそ、こうして人が動き出す。

周囲の人が、笑い出す。

そして、たぶん伊予が邑楽の高座に心を打たれたのも――。

「初瀬、さん」

孝輔が、まるで甘い砂糖を舌先で溶かすように天女の名を呼んだ。

「そうか、あなたは初瀬さんとおっしゃるのか……やっとお会いできた」

嬉しそうに何度も「はつせ」と繰り返す。

「ずっとあなたを捜しておりました。私は昔から体も頭も弱くて、ずぅっと馬鹿にされておりました」

孝輔が深々と初瀬に頭を下げる。

「ありがとう。ずぅっと女の人に馬鹿にされるのが怖くて、男友達とばかりつるんでいましたが……あなたが初めて、見ず知らずの私に親切にしてくださった」

「そんな、あたしはそんなんじゃなくって」

「孝輔。いいか、この方は玄人さんだぞ」

勘兵衛が苦々しい顔で割って入る。

「男に親切にするのが仕事だ。こんなことを言うのはなんだが、私が初瀬さんに金を払って――」

「そうです。あたし金が絡まなきゃ、何もできない芸者で……」

勘兵衛の言葉に、初瀬が我に返ったように頷く。

伊予は二人をじぃっと見ることにした。

正論を振りかざしたくなるのを、ぐっとおさえて。

お節介で口出しをしたくなるのを、じっと我慢して。

伊予のそんな様子を見て、邑楽がふっと微笑んだ気がした。

「あたし、まったく駄目な女で……勘兵衛様のおっしゃる通りで……」

「そんなことはありません」

孝輔がすぐに首を振る。青白かった顔が紅潮してきた。

「だって初瀬さん、手ぬぐいを縦に裂く芸なんてありましたか？」

「あっ」

初瀬が目を見開いた。

「あんなに上等な手ぬぐいを、あなたはその細い腕で迷いなく裂いてくだすった。それは、父にそうしろと言われたことなのでしょうか……」

「いいえ……いいえ！」

初瀬は懐から朝顔の手ぬぐいを取り出した。

裂いたところから解れていって、あまり使い物にはならない手ぬぐい。初瀬ほどの芸者であれば、もっといいものをいくらでも持っているだろう。

けれど、初瀬が持っていたいのは、孝輔と分けた朝顔の手ぬぐいなのだ。

「だったら、金のためじゃあなく、私を助けてくれたんでしょう」

孝輔の言葉に、初瀬はこくこくと何度も頷く。

手練れの深川芸者などではない、色恋を知ったばかりの娘の顔だ。

「お、おい。孝輔！」

困った顔の勘兵衛。

伊予は「あっ」と息を呑む。

その顔は、意地悪で一人息子に芸者をけしかけた人のものではない。

仕事熱心で、でも不器用で。

息子のことを思う、心優しい父親の顔だ。その温かさに、お節介の虫に突き動かされているときには気付かなかった。

「お父っつぁん」

孝輔がすっと背筋を伸ばして向き直る。

「今まで、ふらふら、ちゃらちゃらしていてすみません……店の手伝いをしていたとはいえ、ずっとお坊ちゃんの仕事をしていました。半人前も半人前。カタブツのこーさん、という札に甘えて、ずぅっと半端な仕事をしてしまっていた」

すっかり恋患いでやつれ果てていたときとは、違う顔になっている。

ひとりの、一人前の、男の顔だ。

「よくよく学んで、早く一本立ちしないといけない」

「こ、孝輔……?」

「女の人と話せないままでは、丸山の身代を継がせることはできない……そうお父っつぁんは考えていらっしゃったんでしょう」

「そ、それは」

勘兵衛の目が潤む。

親の心、子知らず。そうは言うけれど。

孝輔という一人息子は、父の心をきちんとくみ取っていた。

「女人が嫌いなわけではないのです」

孝輔は初瀬の指先に少しだけ触れて、また離す。

「ただ、怖かった」

「孝輔様……」

「女は怖いですからねぇー。惚れた男が一人前じゃあないって気付いたら、天女が鬼に早変わり」

「師匠！」

軽口がすぎる邑楽の声は、伊予がきっちりかき消した。

「すみません、うちの師匠が……」

「いいんです」

孝輔が苦笑いした。

「本当のことですから。私は自分の未熟がはっきりわかるのが怖くて、ずぅっと昔からの男友達の他には、心を開かなかったんです……カタブツだの、家業の手伝いをよくしているだの言われてましたが、あれはみんなお父っつぁんにやれって言われたことをやってただけですから」

やれと言われていたことを、やる。

親に「こうあれ」と言われた通りに、振る舞う。

それがどんなに楽なことか、伊予は知っている。そして、そこから抜け出すのがどれだけ恐ろしいのかも。

「孝輔、お前そんなことを考えていたのか」

「うん。お父っつぁん、いえ、旦那様。明日から私は心を入れ替えて一人前になるための働きをします」

「お前……」

「それと、初瀬さん」

孝輔は初瀬に向き直る。初瀬が、潤んだ瞳で孝輔を見上げた。

「はい、孝輔様」

「私が一人前になったら、もう一度会ってくださいますか」

「え？　あの、あたしはいつでもお会いしとうございます――」

「それじゃ駄目だ。あなたは、私の天女様だから。カタブツこーさんじゃなく、材木問屋丸山の孝輔として、今度は私からあなたに会いにいきます。それまで、待っててくださいますか」

初瀬は心打たれたように大きく目を見開いた。

「は、い……はい！　それまでに、あたしも少しはちゃんとするようにしないと」

嬉し恥ずかしの様子で頬に手を当てる初瀬が、伊予と邑楽に微笑む。

「あの、お二人とも……ありがとうございます、孝輔様のかわりに、あたしを見つけてくだすって」

「私からも、お礼を申し上げます。もとは私が情けないばかりに父が気を回したことでしたが……こうして初瀬さんに会えて、変わる覚悟ができました」

「……いえ、そんな」

伊予は思わず首を振る。

孝輔のことを、心のどこかでは見くびっていたかもしれない。恋患いだなんて女々しいことを言って体を壊した、駄目な人だと。

――でも、違う。

当意即妙なんて、自分には無理だ。

邑楽のようにおどけて見せたりはできない。

伊予がそう思い込んでいるのは、「きちんとした武家の娘さん」でなくなるのが怖いから。

往来の真ん中で穏やかな笑みを浮かべている孝輔が、父親である勘兵衛に話しかけながら少しずつ一人前になっていった。

恋は人を変える……いや、孝輔は自らの覚悟で、変わっていっている。

伊予にはそれが眩しく思えた。

「あの、私からも」

勘兵衛が割り込んできた。

「邑楽師匠の噺のおかげで、私も——」

「あー、はいはい。そこまでですよぅ！」

勘兵衛からの礼を、邑楽がよく通る声でさえぎった。

「蟻が十だか蜂が九つだか知りませんが、あたしゃもう仕事終わりで疲れてるんです。それに、うちの弟子はこの通りお堅いところの娘でしてねぇ」

「え？」

「あんまり遅くに帰しちゃあ、親に申し訳が立ちません。それに——」

「それに？」

「お若い二人に立ち話は粋じゃありませんよぅ。積もる話もあるでしょうし、今夜くらいは孝輔さんとこでゆっくりしたらどうだい？」

邑楽の言葉に、孝輔と初瀬が耳を赤くした。

◆◆◆

何度も腰を折るように頭を下げながら、孝輔と初瀬、勘兵衛は帰っていった。

伊予ももう、家に帰らなくてはならない。

今日のお礼に、と勘兵衛が伊予に押しつけてきた金は邑楽の溜めている店賃をゆうに十は返せるほどの大金だった。

「……師匠、これ。半分は師匠が好きに使ってください」

「おう？　どういう風の吹き回しだぃ。次郎吉さんの懐にしゅっと入っていくもんだと思ってたけどなぁ」

「もちろん、半分は溜めている店賃を払うのに使います。でも、その……これはきっと、師匠が使ってくださるほうがいいです」

「ほぉん？」

気の抜けた声で頬を掻いている邑楽。

「なかなか面白ぇ顛末だったからねぇ、噺のタネにもなる。アタシからしたら、それだけでもうけモンですよぅ」

「でも……」

「ほれ、座敷でアタシが口走った『割れても末に買わんとぞ思う』ってのは、とっさに思いついたにしちゃあ悪くねぇサゲですし、若旦那の恋患いってのもウケそうだろう？」

「はい、とてもいいサゲでございましたが」

伊予はきゅっと唇を嚙む。

「……私、厄介なお節介を焼いてしまっていましたから……師匠がいらっしゃらなかったら、きっとこんなに感謝されなかった」

伊予は、お節介な自分のことが好きだった。

けれど、邑楽は言った。

お節介は、過ぎれば厄介だと。伊予のお節介は、ただただ他人様を自分の思い通りにしたいだけじゃないのか——と。

違う、と言えない。言い切れない。

そんな自分が何よりも情けないし、今まで焼いてきたお節介がなんだかとても恥ずかしいもののように思えてきて、居たたまれなかった。

じわり、と涙がにじむ。視界が、ゆがむ。

「おい、鬼弟子」

「はい……って、あいたっ！」

ぺちん、とおでこをぶたれた。

「隙あり。橋本道場の鬼小町が聞いて呆れるねぇ」

「な、なな……」

邑楽に額を叩かれるたびに、なんとはなしに懐かしいような気持ちになるのが不思議だった。昔も誰かに、こうして額を優しくはたかれた気がする。

「それがいかんことだなんて、誰が言いましたか？」

「え？」

思わず見上げると、邑楽がにぃっと笑っていた。

相変わらず、憎たらしいほどの男前。

「誰かに褒められたい、感謝されたいってのは当たり前のことですよ」

「当たり前、ですか」

「そうさ。人なら誰しも、多かれ少なかれそう思ってる」

「……そう、なのでしょうか」

「ああ。正しくあろうってのは悪いことじゃあない。息苦しいですけどねぇ」

「息苦しい、ですか……よく言われます」

「――為さぬ善より為すお節介、ってね」

邑楽のよく通る声が、夜空に響く。

「アタシはお前さんのお節介、嫌いじゃありませんよ」

「し、師匠……」

じぃん、と胸が温かくなる。

邑楽の高座に感銘を受けて、押しかけるように弟子になった伊予。思い返せば、邑楽は一度だって伊予が「女だから」という理由で邪険に扱ったことはなかった。噺の稽古はつけてくれないけれど、伊予を認めてくれていた。

この人についていこう。

そうして、いつか吉弥を笑わせる……いや、笑いを失った兄上に、笑、笑って、も、もらうのだ。

「ま、お前さんのお節介は、わりと厄介だけどな」

「もう、師匠！　せっかく少し見直しましたのに……」

「ん、惚れ直したって？」

「ち、が、い、ま、す！」

伊予は声を荒げる。

往来でこんなに大声をあげたことなんて、今までなかった。

天麩羅の屋台での立ち食い、日暮れ後の帰宅、人前で大恥をかくのだって、邑楽に弟子入りしてから初めて知ったことだ。

「あっはは、面白ぇ顔するようになったじゃねぇか、鬼弟子」

「ですから鬼弟子ではございません、伊予という名がございます」

少し前までの伊予であったなら、こんなことを言わなかっただろう。

そもそも、むきになって頬を膨らませたりなどもしなかった。

変わっていった先で、伊予はどうなるのか。

高座で輝く邑楽のように、人に——吉弥に笑ってもらえるようになるのだろうか。

（……客と向き合う、か）

ならば、伊予が向き合わなくてはいけない相手は決まっている。

吉弥だ。

夜風が、伊予の頬を撫でる。

縄のれんの居酒屋で、わぁっと客たちが笑う声が聞こえる。

吉弥もああやって大声で笑ってくれる日がくるだろうか。そんなことを考えながら、伊予は大きく息を吸い込んだ。


しばらく後に、邑楽は一連の顛末を落とし噺にして高座にかけた。

崇徳院《すとくいん》の和歌「瀬を早み岩にせかるる滝川の　われても末にあはむとぞ思ふ」を織り込んだ噺は大評判。

主な客層である職人はもとより、邑楽目当てで寄席にやってきた娘連中が夢中になったのだ。恋物語はいつの時代にも人気なのである。

もっとも、他の芸人からも噺の稽古をつけてくれ、と乞われるほどになったといって邑楽は苦虫を嚙み潰したような顔をしていたけれど。

材木問屋の孝輔は、勘兵衛のもとでみっちりと商人としての修業に明け暮れているという。

元深川芸者の初瀬は身請してくれた旦那とは手切れとなった。

旦那からの手切れ金もあり、初瀬が望めば女中の一人でも雇って楽に暮らせたのだそうだが、からぬけ長屋に宿替えをして当たり前に暮らす稽古をすると張り切っている。

からぬけ長屋に三味線の音と、水ひとつ汲むにもどったんばったんと大騒ぎをする天女様がやってきたのだ。

もうすぐ、夏がくる。

## 第二席「怪談とカラクリ」

からぬけ長屋のおかみさん三人衆。

三度の飯より噂話が好きな、かしましいハル、ナツ、フユ。

縁起の良いアキナイ三人娘だ。

稼ぎに不安のある旦那を支えて内職をしながらも、暇があれば裏長屋の井戸端でかしましくお喋りをしている。

表向きは、一山いくらで買いたたいた芋を三世帯で山分けしながら洗っているとのことだが、手より口のほうが忙しい。

邑楽は一番奥まった店に住んでいるから、そこに出入りするうちに伊予もすっかり顔なじみになってしまった。

その日も伊予は落とし噺の稽古をしていた。

長屋の狭い路地の片隅で、ぶつぶつと独り言。

邑楽の口調を真似たり、間を盗んだり。

少しでも他人様を笑顔にできる話術を身につけるべく、からぬけ長屋の破れた壁に向かって稽古をするのが日課になっている。

とても残念なことに、ゲソ助やミツ相手に喋ってみても芳しい反応はいまだに得られてはいないのだけれど。

「ねぇ、お伊予ちゃん知ってるかい？」

植木屋のおかみさんのナツが、ぶつぶつと稽古をしている伊予を呼んだ。

「知っているって、何をです？」

伊予が尋ねると、

「何をってそりゃあ——うちの長屋の……からぬけ長屋の幽霊の話さ」

◆◆◆

烏骨亭邑楽が溜めに溜めた店賃も、残り八つまで減った。

じわ、じわ、と蟬が鳴いている。神田明神あたりの雑木林から飛んできたのだろうか。何匹も何匹も思い思いに鳴いていて、うるさいくらいだ。

「蟬時雨《せみしぐれ》だねぇ」

次郎吉が家主をする長屋のいっとう奥。

間の抜けた棒手振り商人や芸者衆などが身を寄せ合っている、どうにも締まらない『からぬけ長屋』の住人の中で、噺家の邑楽は、名実ともにヌシだ。

ヌシの住処は、もっとも奥まったところと相場が決まっている。

狭くとも心は錦――のはずの邑楽の家は、裏長屋の掃きだめに吹き込んだ熱い風が戻ってきているようで、うだるような暑さだった。

「はぁ、……こうも暑ちぃと仕事に身が入らないですねぇ」

「師匠、それではまるで、いつもは仕事に身が入っているみたいな言い方ですよ」

「お前の目はやっぱり節穴だねぇ……アタシの高座はしみったれたアサリじゃねぇよぅ、身が入ってないように見えるか？」

「それは、いえ、すみません」

はっとして俯く。

たしかに、邑楽の高座は素晴らしいものだ。

人をまっすぐに見て、向き合って。そうして描いて演じる噺は絶品だ。邑楽を目当てに寄席小屋に人が押し寄せる。

軽口の延長でケチを付けてよい芸ではないのだ。

もっとも、とうの邑楽自身が、まったくもってぐうたらで、放っておくと寄席に行こうとしないのが玉に瑕なのだけれど。

「謝っちゃいけませんよぅ、シャレを言われたらシャレで返すんだ」

「今の、シャレなのです？」

「おう、そうですよぅ」

「……私、よくわからなくなってきました」

「カタブツだねぇ、相変わらず」

「カタブツで悪うございました！　師匠なんてこの暑さでオダブツになってしまえばいいのです」

「おっと、今のは上手いこと言いやがったね……って。おいおい、そりゃただの悪態ですよぅ！」

軽口というのは難しいようだ。

「ところで、師匠……幽霊のことってご存じですか」

「なんだぃ、そりゃ」

「おナツさんたちが、からぬけ長屋に幽霊が出るって話をしていて……」

「はぁ、夏ですねぇ。怪談噺たぁ、風流なこって」

「ただの噂なのでしょうか……」

「なんだ、怖いのかい？」

「こ、怖くなど！」

伊予がかぶりを振る。

すると間髪を容れずに邑楽が伊予の腕を摑んだ。

暑いさかりなのに、邑楽の手はひんやりと冷たい。思わず声をあげる。

「ひゃっ」

「はは、ほれ見ろ。震えてるじゃゃないですか」

「ち、違います！」

「意地張るんじゃありませんよぅ。お前さん、昔から――」

「え？」

「……いや、なんでもない」

邑楽は肩をすくめた。

おかしな人だ、と伊予は思う。

昔も何も、伊予はこの春先に邑楽に弟子入りしたのだ。年を取ると、たった幾月か前のことが『昔』になるのだろうか。

邑楽の横顔を見ていると、時折懐かしい気持ちになってしまう自分のことを棚に上げて伊予は溜息をついた。

邑楽は真っ白い高座扇で首筋を扇ぎながら言う。

「往々にして幽霊ってぇのは、そそっかしい連中の勘違いさね」

「ずいぶんとさっぱりしていますね、師匠。落とし噺にも幽霊は出てくるじゃありませんか」

「んー？　まぁ、出てくるっちゃ出てくるなぁ」

「あっさりしてますね」

「んー、幽霊ってのは、足がないってぇだろう」

「そうなのですか」

「ほら、応挙《おうきよ》の描いたやつだよぅ」

江戸っ子は古くから幽霊好きだ。草紙から黄表紙本、もちろん落語まで、人気のある題材だ。

とりわけ十何年か前に亡くなった、円山《まるやま》応挙の幽霊画がたいへんな評判をとったという話は伊予でも聞いたことがある。

流行ったどころの騒ぎではなく、幽霊の姿形まで変えてしまったほどだ。応挙の幽霊画が評判をとった頃を境に、江戸中の幽霊は足がないことになっていったのだから。

「幽霊に足がないと、何かあるのですか」

「そりゃ、こちとら年がら年中、にょきっと足が出てるんだ。お足のないやつとは仲良くなれませんよぅ」

「足が出てる……って、それは師匠がワリをすぐに使ってしまうからでしょう！」

「あっはは、バレたかい」

「笑い事ではございません！」

もう、と伊予は頬を膨らませる。

暑い中で怒ったら、よけいに暑くなってしまった。

「井戸でお水をいただいてきます、手ぬぐいも冷たくしてきましょう」

「おう、気が利くねぇ」

邑楽がにかっと歯を出して笑った。

春先には気だるげで、どこかつかみどころのない人だと思ったけれど、そうでもないようだ。夏のお日様みたいに笑う顔はなんとも愛嬌がある。

それにしても、と伊予は思う。

「もっと面白がると思っていたのだけれど……」

腕のある噺家の邑楽が、長屋に出る幽霊なんていう面白そうな噂話に乗ってこないのは意外だった。

冷たい井戸水を桶に汲み上げ、手ぬぐいを二本よく湿らせる。

固く絞って、ぬるくならないうちにと邑楽の家に戻る。

「……あら？」

伊予はあることに気付いた。

邑楽の隣の店は、この暑いのに戸をピタリと閉めきっている。

空店《あきだな》だろうか、と思ったけれど、どうやらそういうわけでもなさそうだ。

邑楽の世話を焼いているときに、何度か隣の店からガタゴトと物音がしたことがある。

「蒸し焼きになってしまいそうね……」

まだ会ったことのない隣人の心配をしながら、邑楽のもとへと急いだ。

からぬけ長屋に越してきた初瀬だろうか、どこからともなく涼しげな三味線の音が響いてきた。

「師匠、どうぞ」

だらしなく足を伸ばしている邑楽に、冷やした手ぬぐいを手渡す。

小言が喉まで出かかったのを、伊予はごくんと呑み込んだ。

――お前さんのお節介は、他人様を思い通りにしたいだけじゃないか。

そう邑楽に言われたことはもっともだ。

「はー、こりゃいいや！」

手ぬぐいを首筋に当ててくつろいでいる邑楽。

それを伊予はじっと見つめる。ふざけた人だけれど、芸は確かだ。普段から何か真似られることがあるかもしれない――そう思ったけれど。

（うん、さっぱり思いつかないわね）

伊予の目に映るのは、ただただ暑さにとろけている男だけだった。

「……お前さん、この頃はいい目をしてるじゃないですか」

「いい目、ですか」

不意に言葉をかけられて、伊予は飛び上がる。

「相手のことを見ようとしてる目、ですねぇ」

邑楽が笑う。

「……なるほど」

「なんだ、思い詰めた顔をして」

「いえ、実は……道場でもそう言われまして」

「ほぅ」

邑楽は身を乗り出して、目を細めた。

汗だくなのに、ちっとも嫌な汗の臭いがしない。それどころか、白檀《びゃくだん》の香を焚きしめているのか、甘く爽やかな香りすら漂ってきた。

「それが、ですね――」


伊予は実家の剣術道場では、小太刀の稽古に加わっている。

幼い頃から父・吉右衛門に稽古をつけてもらっている。それでも、男たちの稽古に加わることは許されていないのだけれど。腕前も師範代にせまるほどになっているが、長年道場に通っている姉弟子の佐奈《さな》にはどうしても勝てないでいた。

それが、このところ佐奈から一本取ることが多くなってきたのだ。

相手を、よく見ること。

邑楽に指摘された、話芸の秘訣。

それを意識した途端に、武芸のほうでも相手の考えや次の動きがわかるようになった。

好敵手である佐奈に勝ち越したばかりか、父からも「太刀筋が良くなった」と認められた。

（こんなにも変わるだなんて……）

今までは、正しい足さばきや型にとらわれていたのだと思い知る。

同時に、邑楽が高座からいかに相手を見ているか。

いや、普段からどれだけ人を観察しているのかを思い知らされた。


「……というわけなんです」

「はっは、そりゃいいいや！」

楽しげな邑楽。

うだるような暑さの長屋で、着物の合わせをがばりと開いている。だらしのない格好なのに、どこか品があって涼しげだ。

そう言って、邑楽がけだるげに居住まいを正し、着物の前を合わせる。

「噺の師匠のほうも本腰入れなきゃなるめぇな」

「えっ、噺を教えてくださるのですか！」

伊予は思わず身を乗り出す。

邑楽の芸に惚れ込んで弟子入りしてから、噺を教えてもらったことはない。

「おう。たまには師匠らしいこともせにゃ、鬼弟子に愛想つかされちまいますからね」

「ありがとうございます！」

伊予はどきどきと胸を高鳴らせて、背筋を伸ばした。

噺をやっと教わることができるのだ。

期待と緊張で伊予は手が震えるのを感じた。平常心が乱れている。

「さて」

邑楽がおもむろに口を開く。

「お前さんの好きな噺、今から通してやってみなさい」

「え、私がでございますか」

邑楽から噺を教われると思っていた伊予は肩透かしを食らう。

「そうだよ、お前さんが。あたしの芸を見るのは寄席で十分でしょう」

伊予は少し考えてから、『始末の極意』という噺を始める。

ごく短い小咄で、落とし噺の本題に入る前の枕と呼ばれる前振りにも使われる滑稽噺だ。

「……てんで駄目だね」

思ったよりは滑らかに喋り通したはずが、邑楽の口から飛び出たのはそんな言葉だった。

「所作はきれいで、よくわかる。噺の歯切れも悪くないし、演じわけもできていて、こう言っちゃなんだが女がやってるとは思えないくらいに嫌味がない」

「それでも、てんで駄目なのですか……」

伊予はがっくりと肩を落とす。

よい芸だとは思わないが、悪くもないはずだと自分では思っている。

けれど、やはり何かが足りないようだった。

「よく見てなさいよぅ」

伊予がやったのと同じように、邑楽が『始末の極意』のさわりを演じる。

ふたりきりのおんぼろ長屋が、ぱっと華やいだ。

まるで、邑楽の演じる男がここにいるかのようだ。

所作からして、邑楽とは別人。その所作ひとつをとっても、客にどんなふうに見えるのかを計算し尽くしたものだ。

伊予なりに必死に稽古を積んできたぶん、邑楽と自分の芸の違いがよくわかる。

たしかに、自分はてんで駄目だ。

ひとしきり話し終えた邑楽が、いつもの邑楽にもどって伊予を見つめる。

「なぁ、お前さん」

「はい、師匠」

「その噺、本当に面白れぇと思ってるか？」

「それは……」

伊予は黙り込んでしまった。

たしかに、邑楽の喋る『始末の極意』は面白い。吝嗇《けち》な男がどこか憎めないし、よくよく考えれば無茶なことを大真面目に極意だと言い張るのも楽しい。

けれど、自分が喋るとたんに面白くは思えなくなってしまって。

「……ただ、お稽古だと思っております」

「だろうねぇ」

自分が面白いと思ってもいない噺を、どうして面白く演じられようか。

邑楽にはすべてお見通しだった。

◆◆◆

その晩、伊予はなかなか寝付けなかった。

昼間のことが頭の中をぐるぐると回って仕方がないのだ。

初めての稽古。

邑楽が言葉のひとつ、仕草のひとつに至るまでどれだけ細かく気を配っているのかを思い知らされた。

「一席のお付き合い……一席の……」

伊予は寝床でもブツブツと稽古をしていた。

けれども、このまま稽古を積んだとして邑楽のように人に笑ってもらえる芸ができるようになるとはどうしても思えない。

このままでは、ただただ上っ面だけをなぞった芸になってしまう。そんな予感がしていた。

『お前さんは、お前さんが面白いと思う噺をすることですねぇ』

邑楽はそう言った。

伊予はじっと考える。自分が面白いと思う噺は、なんだろう。

お腹を抱えて笑った噺。

ずっと昔、まだ伊予が幼くて母も健在だった頃には毎日けらけらと笑っていた気がする。その頃には、吉弥もまだ笑みを浮かべていて。

それは、どうしてだっただろうか。

道場主の妻のかわりをつとめようと、立派な武家の女になろうと躍起になって日々を過ごしていた。

そのせいで、色々な記憶がおぼろげだった。

寛一のことは妙に覚えているけれど、彼の顔だってまともに思い出せない。母の声も、兄の笑顔も、大切だったはずのものが思い出せないのだ。

「はぁ、お水をもらいに行こう」

少しも眠れそうになかった。

廊下が軋まないように、すり足で台所に向かう。夜明け前から朝稽古に向けて支度を行うため橋本家の朝は早い。

俸禄を取ってはいないけれど、なんとか不自由なく暮らせているのは道場のおかげだ。

様々な縁があって鍛冶町に家屋敷と道場を構えることができたのだと父から聞い

ている。

はじめ、職人の町で剣術道場などと周囲の武家からは軽んじられたそうだが、吉右衛門は意に介さなかった。道場を開く際に世話になった町人に恩返しをする意味でも、身分の隔てなく門弟を取る。

町に剣術道場があれば、ゴロツキたちが多少は態度を小さくするし、広く武芸のたしなみのある者が増えることはこの国の行く先を明るくすると吉右衛門は考えているようだった。

実際、このところは町人相手の剣術道場も数を増やしているようだ。図らずも時流に先んじた道場運営をしていたため、橋本道場は師範が足を怪我したあとにも成り立っている。

伊予は台所の瓶から柄杓で水をすくって、一息に飲み干す。無双と呼ばれる明かり取りから月光が差し込んでいるのを見ながら、もう一すくい飲み干す。

自分が思っていたよりも、喉が渇いていたようだった。

三杯目を飲むか少し迷って、今度は厠に眠りを邪魔されてしまってはかなわないと思い直して寝室に戻ることにした。

親子三人がそれぞれの寝室を持てるのも、俸禄のない武家にとっては過ぎた贅沢だ。門弟のひとりである大工の棟梁が建ててくれた家屋敷だと伊予は聞かされている。

道場をどうやってこの先もやっていくのか。

それを考えると、伊予はたまらない気持ちになる。伊予が男であれば必死に研鑽《けんさん》を積んで跡取りになることもできようが、女の身で道場主になりたいとは口にできなかった。

兄の吉弥が跡取りというのも、伊予が道場主になるよりもありえないことだろう。体が弱く、日がな一日何か書き物をしている。竹刀など振れそうもない。幼い頃から書が好きだったけれど、一体何を書いているのかは知らない。

「あら？」

吉弥の寝室から明かりが漏れていることに気付いた。

明かりといっても、かすかなものだ。行灯《あんどん》でもなく、手元を照らすためだけに油を燃やしているのだろうか。

不用心だ。

もしも火事の火元にでもなろうものなら、今度こそ橋本道場はおしまいだ。

「もし、兄上」

父に聞こえぬように低い声で声をかける。

襖の向こうで、カタンと音がした。おそらくは筆を置いた音。続いて、ガサガサと紙をまとめる音だ。きちんとした巻紙ではなく半紙を使っているのだろうか。カタカタという音は、文箱か何かの蓋を慌てて閉めた音に聞こえる。

(何か慌てて隠している……?)

落とし噺の稽古を始めてから、ちょっとした音にもよく耳をそばだてるようになった伊予だった。

「なんだ、伊予か」

「兄上。遅くに申し訳ございません、明かりが漏れておりましたので」

そっと襖を開ける。

吉弥は文机の前に座っていた。

四畳半。居室にしては広めとはいえ、寂しく見える。吉弥は文机と行李《こうり》の他に何も部屋には置いていないのだ。もとは母が臥せっていた部屋で、窓の外に小さな庭が見えるのが母のお気に入りだった。

「すまない、起こしたか」

「いえ、寝付けなかったもので水をいただいておりました」

「そうか」

「あの、何か書かれていたのですか」

伊予は注意深く吉弥の身の回りを観察した。

体の後ろに隠すようにした文箱がある。蓋が閉まりきっていないところを見ると、中には結構な量の書き付けが押し込められているようだ。

「何も。ただの手習いだ」

「手習い……」

伊予が十九。三つ年上の吉弥といえば二十二だ。

同じ下級武士の同心のなかには十三から役職を継ぐために働く者もいる。二十二というのは、もう立派すぎるほどの大人である。手習いという歳ではない。

「……こほん」

言い訳の苦しさを自分でもわかっているのか、吉弥は咳払いをした。

吉弥は、咳の手練れだ。季節ごとに酷い風邪を引いてしまうため、咳ひとつとっても堂に入った病人といった趣だ。

「それはそうと、お前の独り言が聞こえたよ」

「えっ」

「一席のお付き合いを……とかなんとか。あれが落とし噺か」

「はい、そう……でございますね」

「思い詰めているような、楽しげなような、不思議な声色だな」

「申し訳ございません。つい稽古に熱が入りました」

吉弥の寝室は庭に面していて、よく風が通る。

伊予の声も風に乗って聞こえてしまったのだろう。さすがにバツが悪くて、伊予は素直に頭を下げた。

「稽古、か」

吉弥はじっと何かを考えて、口を開く。

「……伊予」

「は、はい」

「落とし噺だなんてくだらないことをしていないで、この先のことを考えなさい」

「この先、でございますか」

きゅっと胸が締め付けられるように感じて、伊予は思わず胸の前で拳を握る。くだらない、という言葉が痛かった。

「……お前が婿を取って、橋本道場を継ぐのを父上も望んでいるだろうし」

「そんな……婿だなんて、それに道場は兄上が――」

「お前もわかっているだろう。私は道場の跡目としては、期待されていない」

「そんなことはございません！」

伊予は思わず大声で叫ぶ。

父が起きてしまう、と慌てて口をつぐんだ。

自分は卑怯者だ。いつも吉弥は道場を継げない、自分ができることなら……と考えているのに、本人を前にするととっさに耳当たりのよいことを口走ってしまう。

「その、兄上は……どうされたいのですか」

「さぁ、まともに働くこともできない身だ。穀潰しとして生きるのも浅ましいことだから、いっそ出家でもしてみようか」

「兄上。またそのようなことを」

「……すまない、寝しなにおかしな話をしたね」

これで話はおしまいだ、とでも言うように吉弥は文机のほうに向き直る。

吉弥はジッと手元にある半紙を見つめている。

痩せた背中を見つめて、伊予はそっと部屋の襖を閉めた。

「おやすみなさいませ、兄上」

「ああ、おやすみ」

ぴたりと閉じた襖の向こうから、小さな声が聞こえる。

「金を稼げぬというのは、みじめなものだな」

吉弥が絞り出すように、そう呟く。

伊予はかける言葉が見つからなくて、きゅっと唇を噛んだ。

「……落とし噺で食っているのだから、噺家というのは立派なものだなぁ」

そんな独り言を聞きながら、伊予はそっと立ち上がる。

(兄上は何を書いていらっしゃるのだろう)

そういえば昔から吉弥はお伽噺のようなものを作って、手習いのついでに紙に書き付けていた。伊予は不意にそれを思い出す。

だが、母が亡くなってからはそんなそぶりも見せていなかったはずなのに。

(兄上を笑わせるのは、かなり難しそうだわ)

穀潰し。自分に対してそんな評価を下すのは、どんな気持ちなのだろう。

やはりもう一杯、水を飲んでから寝よう。

喉がカラカラだ。

「……あら？」

先ほどと同じ、月光が差し込む台所。

ちろちろと、奇妙な光がゆらめいているのが見えた。

（ゆ、幽霊!?）

ぞっと背筋が凍る。

幼い頃から男勝りで体も強く、武芸に長けた伊予――けれど、幽霊だけは昔から駄目なのだ。

「きゃ……っ」

思わず尻もちをつく。

いや、怖がってばかりではいけない。よく向き合って、よく見て、決めつけないこと――なぜだか邑楽の教えを思い出す。

「そう、よく見て……って。な、なぁんだ」

ちらちら揺れる妙な光――よく見れば、無双から差し込む月明かりに、夜に飛ぶ蛾が躍っているだけだった。

幽霊の正体見たり枯れ尾花。

きっと、邑楽に話せば腹を抱えて笑うだろう。

「向き合ってよく見ろ……か」

また邑楽の教えに助けられてしまった。

――一番向き合いたい吉弥に向き合うのは、まだ難しいようだけれど。

◆◆◆

「幽霊騒ぎっちゅうのはホンマやったんや、やっぱし出るんやて！」

「やだやだ、怖いですねぇ」

「はぁ、幽霊。嫌ですねぇ……って、ちっとも水が溜まらない……？」

「ちょっとアンタ！　その柄杓、底が抜けてるじゃないか」

「え？　あ、あらまぁ」

すっかりからぬけ長屋に馴染んだ初瀬にまで、幽霊の噂が出回っているようだ。

邑楽がそれを横目に鬢を撫で上げる。

「ったく、大騒ぎだねぇ……」

「そりゃ、幽霊が出たんですから騒ぎますよ」

ふぅん、と気のない返事。

今日の出番は鶴亀亭、稲荷神社を転々としている葭張りの寄席小屋だ。

さらに耳を疑いたくなるような科白が飛び出した。

「ほら、行きますよぅ。出番に遅れちゃ、かなわねぇや」

いよいよ、おかしなことだ。

寄席嫌い、仕事嫌いの邑楽が自分から「出番に遅れちゃ、かなわない」なんて言いだすとは。伊予はじっと邑楽を見上げる。

「……師匠」

「なんでぃ」

「もしかして、師匠もおばけが怖いんじゃないんですか」

邑楽がおおげさに咳き込んだ。

「ごほごほ！　そ、そんな……んなわけねぇですよぅ！」

「……あやしいですね」

「うるせぇやい、ほれ、行くぞ！」

伊予は確信を得た。

きっと邑楽も、おばけが怖いに違いない。

「邑楽師匠、早めにいらしていただいてよかった！」

稲荷神社の境内というのは、ちょっとした異界だ。

素人相撲から寄席興行まで、様々な催しがある。

鷹張りとはいえこざっぱりとして気持ちが良い鶴亀亭に着くやいなや、席亭が申し訳なさそうに腰を折った。

邑楽が煙草を吹かしながら、気だるげに問う。

「ん？　なんですか、お席亭」

「出番のことなのですが、少しばかり早めに上がっていただきたいんですよ」

「どなたかトンだんですかぃ」

トンだ、というのは顔付けされている寄席の出番に芸人が現れないこと。

伊予が弟子入りする前は、邑楽が『トビ』の常連だった。

「いえ、こっちから断ったんです」

「穏やかじゃないねぇ、何かしくじりがあったんですかぃ」

「いやぁ……」

席亭が口ごもる。

「少し前から出てきた、カラクリだかなんだかって芸人でしてねぇ……さる大師匠のお弟子だってんで顔付けしてみりゃ、どうにも陰気な芸人でして……客からケチがついちまいまして」

「ほぉ、陰気ねぇ。女の悋気は可愛いもんだが、男の陰気はいけねぇや」

「ははは、さすが邑楽師匠だ！　もとは絵師だったかなんだか……真面目だけが取り柄じゃ、芸人やっちゃいけませんね」

「そんな！」

「真面目なだけが取り柄ってんじゃあ、芸人やるにゃ厳しいねぇ……」

「……」

「ま、お前さんは芸人なんざやらなくても生きてけるんだ、そんな顔するんじゃないよ」

伊予にはそうは思えなかった。

陰気だから、真面目すぎるから、お前の噺はつまらない——顔も見たことがない芸人についたケチが、伊予の心に突き刺さる。

真面目でカタブツなせいで、噺が面白くない伊予自身。

そして、どこからどう見ても陰気な吉弥。

自分たち兄妹は、駄目なのだろうか。

「おい、鬼弟子」

「はい……」

「隙あり！」

「いたっ⁉」

ぺしん、とおでこを叩かれる。

「そう考え込むんじゃありませんよぅ、お前さんの悪い癖だ」

にかっ、と笑ってみせる邑楽に、伊予は言葉を返せない。

「……師匠」

「あーいや、考え込んで考え込んで、それで出てくる芸ってのもあらぁな」

「え？」

どういうことですか、と伊予が尋ねようとしたそのとき。

師匠、出番です——という席亭の声に、邑楽は薄物の羽織を粋にひっかけて高座へと向かってしまった。


天麩羅をさくさくと食べながら歩く。

夏の味。川で揚げられた、小魚のかき揚げだ。白身がほろほろとして、ごま油の香ばしい香りとあいまって暑さで弱った胃に嬉しい。

「長丁場でしたね」

邑楽はクビになってしまった芸人のぶんまで、いや、それ以上にたっぷりの熱演で客を沸かせた。

「まぁ、日が長いのがありがたいねぇ」

きょろきょろと往来を見渡しながら、邑楽が気の抜けた返事をする。

今度は甘酒売りでも探しているのだろうか。たしかに伊予も、夏には米と糀《こうじ》の甘みが恋しくなる。

からぬけ長屋の近くまでくると、ふいに後ろから声をかけられた。

「邑楽師匠、お伊予さん」

「次郎吉さん」

お人好しの次郎吉さん。

橋本道場の門人で、からぬけ長屋の大家だ。

「どうしたんですか、こんな遅くに」

「いえ、折り入ってお話がありまして」

「なんでぇ、店賃なら順繰りに返してますからね、追い出すなんて言いっこなしですよぅ！」

「師匠、あれだけ店賃を溜めてよくそんなに偉そうにしていられますね……」

呆れた、いや、見上げた根性だ。

「それで、次郎吉さん。お話というのは？　何か困ったことがありましたか？」

「ええ、他でもない長屋のことなんですが……幽霊が出るなんて噂が聞こえてきましてね」

「あぁ、大家さんまでそんなことで」

「そんなことじゃありませんよ、師匠！」

次郎吉は声を大にする。

「長屋にはまともな人に入ってもらいたいんです。『からぬけ長屋』なんて妙な名が通ってしまっているうえに、幽霊騒ぎなんて……まったくもって、迷惑しているんです」

眉毛がハの字を通り越して、またリの字になっている。

そこまで困っていながら、からぬけ長屋の住人を家主の力を振りかざして追い出してしまおう……という考えを少しも起こさないのが、岩本町の恵比寿様、お人好しの次郎吉さんたるゆえんだ。

そういう大家も多いと聞くのに、店賃を十九も溜めていた店子をすら追い出さないのだから、本当にお人好しが過ぎると伊予は思う。

「頼みますよ、師匠。幽霊騒ぎ、どうにかしてくださいませんか」

「そりゃかまいませんけどね、大家さん……どうして、アタシなんです？」

「落とし噺には、幽霊の噺も多いでしょう」

「はぁ、ありゃ作り話ですよぅ、大家さん」

「そりゃそうかもしれませんが……」

次郎吉は、ちらりと伊予を見た。

邑楽は納得した様子で「はーん」と鼻で唸る。

「なぁるほど、このじゃじゃ馬娘ならお節介で首突っ込んでくるだろうって魂胆かい、悪い奴だねぇ、大家さん」

「いや！　そんな、橋本先生のお嬢さんですよ？　お伊予さんに滅多なことは頼めません。邑楽師匠、こういうときのために、お前さんにいてもらっているんだから」

「え？」

こういうときのために、とは。

邑楽はいつもへらへらしていて、幽霊騒ぎなぞ、かえって役に立ちそうにないのだけれど。

「あー、はいはい。わかりましたよぅ」

邑楽がさも面倒くさそうに頬を掻いた。

まるで、次郎吉の言葉をさえぎるように。

「幽霊騒ぎねぇ……そいつぁ、今晩にでも枯れ尾花が出てくるぜ」

「ど、どういうことだい、邑楽師匠」

「まぁ……どうもこうも、ねぇ」

いつもの邑楽の当意即妙さが鳴りをひそめている。どうにも、歯切れが悪い。

うずうず、とお節介の虫がうずくのを感じてしまう。

「もしかして、何か知っているんですか。師匠」

「んー、まぁ……」

「あの、私もお手伝いします！　次郎吉さんも困っていらっしゃるし、長屋のみなさんも怖がっているので！」

伊予の言葉に、次郎吉は期待に満ちた目で邑楽を見上げる。

大家としては、早くに幽霊騒ぎをどうにかしたいのだろう。

邑楽はじぃっと伊予を見つめる。なんだか気恥ずかしくて伊予が目をそらすと、邑楽は艶のある掠れ声で囁いた。

「あのなぁ、鬼弟子」

「は、はい」

「……長屋の連中のアレは、怖がってるんじゃぁなくって面白がってるってんですよ」

◆◆◆

どきどきと心臓が高鳴る。

生真面目で、カタブツ。武家の娘として恥ずかしくないように、と振る舞ってきた伊予は一線を越えてしまった。

「父上にも兄上にも何も申し上げずに……夜に家を抜け出すなんて……」

「ははは。まぁ、たまにゃあいいだろ」

「か、勘当されてしまうかも……」

そうは言いつつも、伊予はこうして夜のからぬけ長屋にやってきた。

刻は六ツ半。すっかり日も暮れている。

こんな遅くに出歩く娘など、いやしない。少なくとも、きちんとした娘とは言えないだろう。

それも、月のない夜だ。

からぬけ長屋の井戸の陰、生け垣が少し破れているくぼみに邑楽と伊予は身をひそめていた。

狭い隙間なので、身を寄せ合うようにしている。夜風が涼しいとはいえ夏のこと。邑楽のまとう白檀の香りが濃密に感じる。

月明かりすらない、まっくらの闇。

ぼんやりと目が慣れてきたとはいえ、闇から何かが這い出してきそうで気味が悪い。そもそも、こんな濃密な闇の中、家の外に出るのが伊予にとっては初めてのこと。

幽霊は怖いし、暗闇も怖い。

けれど、不思議と体の震えはない。心が凪いでいる。

(いえ、断じて邑楽師匠が近くにいるからではないです、本当です……)

邑楽は頼りになる人物とは言いがたいのだ。

「……まぁ、一件落着したら家まで送ってやってもいいですよぅ、番屋の目を誤魔化すのにゃ慣れてますからねぇ」

「えっ⁉」

「お前さん、声が大きいよ」

「どっ……どういう風の吹き回しですか？」

驚いた。邑楽が親切にしてくれるなんて。

思わず憎まれ口を叩いてしまう。

「なんでぇ、可愛げがないねぇ」

「可愛げなど――」

そんなものはくだらない、と言おうとしたとき。

「むぐっ⁉」

「静かに」

邑楽が低く呟いて、伊予の口をそっと指で塞いだ。気障ったらしい仕草がさまになるのはどうしてだろう。

邑楽がじっと見つめる視線をたどる。

「～～っ！」

邑楽に口を塞がれていなければ、大声で叫んでいた。

女だ。髪を振り乱した女が、ゆぅらゆぅらと歩いている。

誰かがたちの悪い冗談で、幽霊を騙っているのだろうか。

いや、そんなはずはない。その証拠に、女の向こうが透けている。

(足……あっ、足が、ない!)

応挙の幽霊。

足がない、美人の……ゾッとするほど恐ろしい幽霊画。

ゆらり、ゆらり。

まるで行灯の炎のようにゆらめく女は、どう見てもこの世のものではない。ぞくぞくと背筋が震える。歯の根が合わない。がちがちと、間抜けな音を立てている。

思わずぎゅっと瞼を閉じる。

「あ、あ……師匠……っ」

邑楽の指に唇を押えられたまま、なんとか動く喉の奥で声を絞り出す。

すると、邑楽が耳元で低く囁く。

「馬鹿」

「……ひっ」

「落ち着け、鬼弟子。鬼が幽霊を怖がってどうするってんですか……見てみろ、ありゃ落とし噺の幽霊と同じです」

「え、どういうことですか？」

「――作り物、ってことですよぅ」

作り物。

伊予は驚いて、閉じていた目を開ける。

「あれが、作り物？」

「あぁ、そうさ」

信じられない。

だって、女はうっすらと光っている。なかば透明で向こうの景色が見えているし、かすかに風が吹けばゆらゆらと揺れている。

恨めしそうな、女の顔。

着乱れた白装束と、元結《もっと》いの切れた乱れ髪。

頭からは真っ赤な鮮血が流れている。

どこからどう見ても、幽霊だ。

「よぅく見な、ありゃ……エキマン灯だよ」

「エキマン……？」

伊予にとっては、聞きつけない言葉だった。

エキマン灯は、のちには幻灯機と呼ばれるものだ。

蠟燭や火の明かりを使って、ごく薄い和紙や絹布に描いた絵を暗がりで壁に映し出すカラクリになっている。映写機のご先祖様である。

もとはオランダ人の宣教師が持ち込んだものだ。

伊予が戸惑っていると、邑楽がすっくと立ち上がる。

そのまま、すたすたと女の幽霊のほうに歩み寄った。

幽霊が怖いのではなかったのか。

「し、師匠!?　おばけですよ、おばけ！」

「だから、ありゃ、ゆの字じゃありませんよ」

「え……」

「なぁ、そこにいるんだろ。お隣さんよ」

「ヒッ」

息を吞む声とともに、ガタンと大きな音がする。

勢いよく、邑楽の隣の店の戸が開いて、何かが転げ出してきた。

同時に、女の幽霊がかき消える。

「あ、消えた！」

「………。うぅ」

低い、うなり声がした。

「きゃっ、今度は男の幽霊！」

伊予がびくんと飛び上がる。

邑楽がのんびりした声で言う。

「違いますよぅ、よく見てみろ」

「え？」

「ご……ごめんなさい、ごめんなさい……」

邑楽の店の隣、いつもぴったりと戸を閉めきっているお隣さんの店から出てきた、ひょろりとした痩せぎすの男――足がある。人だ。

目の下に暗い隈。

ひどい猫背で、青白い顔色。

年の頃は、邑楽よりも少しばかり年下――二十半ばだろうか。

「そりゃ、消えるさ。そいつぁエキマン灯ってんで、暗がりに絵を映し出すカラクリだ。ボロ長屋の戸にゃ、節穴があるからねぇ……そこから表の塀に向かって、蠟燭の火で映してたんだろう」

「暗がりに……絵を……？」

「ただ、さっきのは妙だねぇ……真っ赤な血の色まで映してやがった」

赤い色まで映し出すエキマン灯というのを邑楽は知らない。

従来のエキマン灯は、白黒のものを映し出すのが関の山だったはずだ。

「も、申し訳ございません！」

ひょろひょろ男が、倒れ込むようにして土下座した。

目の下にはくっきりと隈が浮かんでいて、まるでこの男のほうが本物の幽霊のようだ。

「ほんの出来心なんでございます」

「出来心で、幽霊騒ぎねぇ……」

「あの、師匠！　私にもわかるように話してくださいっ」

伊予が訴える。

何が何だか、こんがらがってきた。

「そうさなぁ……じゃあ、お前さんが一席申し上げて見ろぃ。伽羅楽《からく》さんよ」

「え？」

「ゆ、邑楽師匠……おいらの芸名をご存じで……？」

「ん？　あぁ、知らんことはないですよぅ。陰気で絵師あがりの、伽羅楽さん……鶴亀亭に顔付けされてたンだろ」

「それは……」

「ちょうどいいや、お前さんの芸、ちょいと見てみたかった。ウチの鬼弟子にもわかるように、ちょいと噺にしておくれ」

おそるおそる顔を上げた、ひょろひょろ男――伽羅楽は、乾いた声で語り始めた。

◆◆◆

四季亭《しきてい》伽羅楽は、もとは浮世絵師として細々と生きていた。

絵師としての腕は確かなものの、華もなければ人気もない――地味で陰気な画風で、芝居小屋の人気役者を描かせてみても、仕上がった絵はまるで幽霊と見まごうばかりというありさまだった。

当人はいたって小心者の臆病者。おばけや幽霊、妖怪の類の噂話には人並みに関心があるけれど、好んでそれを描こうとは思えなかった。どちらかといえば、カラッと明るい物事に惹かれるのだけれど、当人がやろうとしてもどうしても上手くはいかない。

どうにもそういう性分に生まれついてしまったようだった。

そんな暮らしのなか、通りかかった神社の境内で開かれていた薦張り寄席興行。

そこで聴いた落とし噺に心酔した。

そのときに高座に上がっていたのが、かの三勝亭伽楽《さんしょうていからく》。

先の老中である松平定信《まつだいらさだのぶ》が、町人の娯楽をことごとく取り締まったために下火になった『旦那衆の娯楽』、天狗連と呼ばれる落とし噺を演じる旦那たちのおさらい会を再び盛り立て、江戸の落とし噺を寄席興行を開くまでに押し上げた立役者だ。

すでに初老を越えているものの、芸はまだまだ衰えてはいなかった。

「あんなに笑ったのは初めてでして……それで、おいらも少しは変われるかもって思って、師匠に弟子入りしたんすけど……」

「私と同じですね……」

伊予もはじめは困った店子を成敗しようとからぬけ長屋にやってきたのだけれど、邑楽の高座を見て弟子になろうと思い立った。

「でも、ちっとも上手くはいかなくて……」

陰気な性分は生まれ持ってのもの。

伽羅楽という師匠によく似た立派な芸名をもらっても、少しも陽気にはならなかった。

三勝亭伽楽の弟子ということでいくつか寄席に顔付けされても、幾日か出番があると、すぐに降ろされてしまった。

あんな陰気な芸人がいるか、と陰口をたたかれているのは嫌と言うほどに耳に入った。

「そんな……」

生まれ持った性分は変えられない……伊予は胸が痛くなった。

ならば、カタブツの伊予は。伽羅楽と同じかそれよりも陰気な吉弥はどうなるのだろう。ずっと変われないのだろうか。

伊予が思わず俯くと、伽羅楽もがっくりとうなだれる。

「それで、おいらにもどうにかできることはないかって思って……それで……」

「それで、エキマン灯かい」

「へぇ、そうなのでございます！」

絵師をしていたときのツテで、壊れたエキマン灯を譲り受けた。

もともと手先の器用な伽羅楽は、寄席の出番がないときには、からぬけ長屋の四畳半に籠もりきりでエキマン灯をいじっていたのだそうだ。

そこで思いついたのは、自分の陰気だという絵をエキマン灯で映し出すということだった。

蠟燭の炎から離れれば離れるほど、映し出される像はぼやけていく。

けれど、今の幽霊は足がない。

幽霊の顔のところがいっとう明るく映し出されるようにすると、ちょうど足が闇に溶けるように消えてしまう。もっともらしい幽霊のできあがりだ。

もっとおどろおどろしい絵を、もっと鮮明に映し出せるエキマン灯を……そんな一心で昼も夜もなく実験を繰り返した。

そして、ついに天然色を映すことのできるカラクリを生み出したのである。

「あ、だから昼間も戸を閉めきって……」

伊予はぽんと手を叩く。

邑楽と言い合いをしているときに、時折その声に驚いたように隣の店から物音がしたのを思い出す。戸はぴたりと閉めきられているのに妙だと思っていたのだが、なるほど伽羅楽が熱心に研究中だったということか。

「あんまり陰気で、空店だと思われてたんですよぅ。お前さん」

「えぇっ」

長屋の隣人同士のご近所付き合いというのは濃密なものだけれど、もとから陰気で籠もりきりの伽羅楽にとっては、そうではなかったらしい。

「ま、うちの長屋の連中はかしましいのが多いからねぇ……」

「たしかに……」

伊予はハルナツフユの三人と伽羅楽が連んでいるところを思い浮かべてみるが、まったくピンとこなかった。

「……で、このエキマン灯は何に使うつもりだったんだい」

「え？」

「これだけのデキなんだ、芸の足しにするつもりだったんだろう」

「いえ……本当にこれは出来心なんです。エキマン灯なんぞ、寄席で披露する芸じゃありません」

「そんな、もったいない！」

「この絵じゃ、陽気な噺だって……できやしませんし……」

たしかに恐ろしい女の幽霊の絵を映し出して、寄席で馬鹿馬鹿しいお笑いを……というのは無理がありそうだ。

どうせまた、客にクズを投げられるんだ……と泣きそうな声を出す伽羅楽。

伊予は参ってしまった。

こんなに素晴らしいものを作ったのに、本人が望む寄席芸人としての芸にはならないのだろうか。伽羅楽の背中をさすってやる。

「伽羅楽さん。男がそうやすやすと泣いてはなりませぬ」

「男だって泣きたいときゃありますよぅ……」

「そ、それはそうかもしれませんけど！」

「そうやって、男だからシャンとしろっての……おいらには辛いんですよぅ……」

ひょろりとした、幽霊のような体軀の伽羅楽。

たしかに、町を我が物顔で練り歩く火消したちのようなのを『男』というのならば、伽羅楽はずいぶん嫌な思いをしてきたに違いない。

伊予が何も言えずにいると、邑楽がくつくつと肩を揺らした。

「おいおい、寄席をなめてもらっちゃこまりますねぇ」

「へ？」

邑楽の明るい声色に、怪訝な顔をした伽羅楽。

「いいかぃ、伽羅楽さん。ちょいと耳をお貸しよ」

邑楽が何かを耳打ちすると、伽羅楽が大きく目を見開いて、少しだけ明るい声をあげる。

「そりゃ……上手くいきますかねぇ……」

「さぁね、客ってなぁ気まぐれだ。上手くいくときもありゃ、いかないときもあらぁ」

邑楽が伽羅楽の頬をぺちぺちと軽くはたく。

「だが、あのエキマン灯とお前さんの語り口ならできるだろうさ……ちゃあんと客に向き合えば、な」

「客に、向き合う」

「ああ。客は笑い噺を聴きに来ているのか、本当に？」

「……馬鹿馬鹿しいお笑い、だけじゃなくて」

「ああ、そうさな」

邑楽がにたりと笑う。

「そ、そ、そうだ……お客は……面白い噺を、聴きたいんだ……」

伽羅楽の瞳に光が差した。

「お、おいら……やってみます！」

噺に身を捧げようと決意した者同士、通じ合うような会話。

なんだか自分だけのけ者にされたようで面白くないけれど、邑楽が、

「次の鶴亀亭を楽しみにしておくといいですよぅ」

と上機嫌なので伊予は黙って引き下がった。

「ふあーあ、やっとこれで寝られらぁ」

これで、ちょっとした騒ぎだった『からぬけ長屋の幽霊』の噂はおさまることだろう。

「ま、明日にでもおかみさん連中に伽羅楽の『幽霊』の噺をちょいと吹き込んでやりゃ、たちどころに江戸じゅうに噂が広まるだろうさ」

邑楽は愉快そうに笑った。

なるほど、江戸っ子は噂が大好きだ。

そうなれば、伽羅楽の芸を目当てにした客も少しは増えることだろう。


ちりり、ちりりりん。風鈴の音がする。

何かと思えば、お馴染みになってきた夜鷹蕎麦の屋台から聞こえてくる。

彼らが風鈴を鳴らしながら売り歩いているとは知らなかった。

売り声を張り上げれば翌朝が早い職人連中からはどやされてしまうし、無言で往

来を歩いても商売にはならないわけだから、よく考えられていると思う。

普段は見たことのない神田の顔を横目に歩く。

邑楽が鍛治町の橋本家まで伊予を送り届けてくれた。

真っ暗な家屋敷。伊予の不在は、特に騒ぎにはなっていないようだ。

そっと布団を抜け出してきた甲斐があったようだ。

「……師匠って、やっぱりすごいです」

「なぁにを血迷ったことを言ってるんだぃ、鬼弟子」

「だって、師匠にはみんなわかっていらしたんですよね」

からぬけ長屋の幽霊噺は、はじめから邑楽にはわかりきった与太話だったということだ。邑楽の家の隣に誰が住んでいるのかなんて、伊予は気にしてもいなかった。

それに、邑楽は言葉ひとつでおばけみたいな顔色だった伽羅楽をたちどころに励ましてしまったのだ。

「やってみる、って言っていた伽羅楽さん……こう、幽霊じゃなくなったような、まるで生きている人のような……」

「伽羅楽さんはもともと生きてますすよ、とんちきめ」

「それはそうですけど、そうじゃなくて……なんと言っていいか……」

「お前さんも噺家なら、手前で考えるんだな」

「……あの、師匠、伽羅楽さんは、生まれ持った性分は変えられないとおっしゃっておりましたが、カタブツも陰気も直らないものでしょうか」

「んー？」

もし、生まれ持った性分が直らないのなら。

笑わない兄に笑ってほしいからと、カタブツな自分を変えようとしている伊予の頑張りは無駄なものなのだろうか。夏の夜風が、妙に冷たい。

「馬鹿だねぇ、お前さんは」

「なっ！　ば、馬鹿……？」

「変わらなきゃいけないとは、アタシは一言も言っちゃいませんよぅ」

「え……？」

「変わらずともできることってぇのは、いくらでもありますからね」

「……変わらずに、できること」

「案外、なぁんにも飾り立てしない己が肝心なことを教えてくれたりするものですよぅ」

「は、はぁ」

邑楽の言うことは、たまにとても難しい。

けれど、伊予のことを励まそうとしてくれたことはわかる。

「それじゃ、アタシはこれで退散しますよぅ」

提灯を揺らして踵を返す邑楽。

「あの、師匠」

礼を言おうと振り返ると、もう昔めかしい『今晩』と書かれた提灯の明かりはすでに見えなかった。

「……伊予」

「ひゃっ」

暗がりに浮かぶ青白い顔。吉弥だった。

「兄上」

「……なぁ、伊予。落とし噺の稽古はそんなに楽しいか？」

「え？」

「このような時間まで娘が出歩くほどに、楽しいか？」

普段の吉弥からは感じることのない迫力に、伊予はとっさに言葉が出なかった。

怒っているのとも違う。悲しんでいるのとも違う。

吉弥の表情は、伊予が見たことのないものだ。

「……父上は誤魔化しておいたから、早々に寝室に行きなさい」

「は、はい。ありがとうございます」

お見通しの上で、吉弥は伊予の外出を見逃してくれたらしい。

逃げるようにして、伊予は自分の寝室に向かった。

吉弥もいなくなった暗い勝手口が、にわかに不気味に思えたのだ。

◆◆◆

伽羅楽の発明した、天然色のエキマン灯は大評判となった。

橋本道場に通う若い者たちまでもが、口々に伽羅楽の名を口にするようになったのだ。

「伽羅楽の怪談噺、聴いたかい」

「もちのろん！　あのエキマン灯、まるで妖術だねぇ」

「また、あの陰に籠もった口調が、ぞぞぉっと！」

「身の毛もよだつ、ってのはああいうことを言うんだよなぁ」

「落とし噺ってぇのは、笑えるもんだと思ってたが……夏には怪談もオツなもんだよなぁ」

道場の掃除をしながら、それに聞き耳を立てる伊予。

まるで、己のことのように誇らしくなってしまう。

(伽羅楽さん、すごい……すっかり評判じゃない)

あの晩、邑楽が伽羅楽に耳打ちしたこと。

それが伽羅楽の芸人としての先行きを変えた。

――お前さん。それだけの陰気さと知恵、怪談に使うってぇのはどうだい。

邑楽のすすめで、寄席でエキマン灯を使った怪談噺を演じるようになった伽羅楽は、またたく間に評判の芸人になっていった。

夏の蒸し暑い夜に怪談噺で涼をとる、という江戸っ子の粋好み――伽羅楽の怪談噺と、物珍しいエキマン灯は客の心を鷲づかみにしたのだ。

生まれ持った陰気さは、怪談を彩る凄みに見事に昇華した。

もともとの凝り性もあり、妖怪変化や因縁話をほうぼうで聞き集めては絵を描き、寄席で演じている。四季亭伽羅楽の、唯一無二の芸だ。

(長屋でお会いするときも、ずいぶんお元気そうになっているし)

伊予はあのひょろひょろの男が、ぐっと胸を張って寄席に出かけるのを何度か見かけるたびに、なぜだか誇らしい気持ちになってしまう。

(きっと近いうちに、私だって――)

そう思うと、床を磨き上げる腕に力が入る。

「あ、お伊予さんは見ましたか。伽羅楽の芸!」

「え、私ですか」

若い門弟たちに急に話しかけられて、伊予は口ごもる。

「……こほん、どうでしょうね」

伊予は咳払いで煙に巻く。

実のところ、まだ伽羅楽の芸を寄席で見たことはないのだ。

伊予は、おばけが怖いので。

# 第三席「お師匠様、出番です」

夢を見た。

病で亡くなった母が、まだ達者だった頃の夢だ。

母や父、伊予はもちろん、兄の吉弥もまだ屈託なく笑っていた頃の、幸せな思い出。母が手元の書き付けを読み上げながら、愉快そうに笑っている。

けれど、夢の中の伊予はわからなくなっていた。

——あの頃、一体何がおかしくて笑っていたのだろう。

吉弥が手を真っ黒にして書いていた、あれは……。

◆◆◆

「はぁ……また駄目でした」

上機嫌の邑楽と、肩を落とす伊予。

このところの、からぬけ長屋の名物になっている光景だ。

「あらま、伊予さん。またぐったりしてどうしたんです」

「初瀬さん」

声をかけたのは、元深川芸者。

からぬけ長屋で一番の新顔、初瀬だ。

秋になり裏地を付けたばかりのこざっぱりした袷に、姉さん被り。気が早いけれど、いかにもご新造さんといった感じだ。孝輔との仲も上手くいっているらしい。

「……あの、お掃除するなら箒が逆さまでございますよ」

「やだ、私ったら」

芸は達者で、踊りも唄も惚れ惚れするような腕前だけれど、金の絡まないことにはとことん粗忽者《そこつもの》。そんな初瀬は、いつか恋仲の孝輔のもとに嫁ぐため日夜暮らしの修業をしている。

掃いても掃いても吹かれてくる落ち葉を掃き集めていたのだろう。

憎々しいほどに、秋の空が高い。

「伊予さんが元気ないから、心配しちゃって、つい」

「ありがとうございます。実は、また高座のできがよくなくて」

「あら、まぁ……芸の道は厳しいわよねぇ」

初瀬はおっとりと頬に手を当てた。

こう見えて、深川の芸者として生きてきた女だ。寄席とお座敷という違いはあれど、芸の道の厳しさはよくよく知っているだろう。

そんな初瀬が慰めてくれても、伊予の心は晴れなかった。

「でも、ちっともウケないんですよ」

伊予が覚えた噺も増えて、邑楽は寄席の前座やお座敷の余興として伊予に噺をする機会をくれることが増えた。

剣術道場のお堅い娘が落とし噺をする物珍しさで、客は耳を傾けてくれるけれど、それだけだ。

物珍しい習い事をしている娘の、おさらいの会を見るようなものだ。

伊予の噺に夢中になって、わっと笑ってくれるわけでもない。

もちろん客席から少しも反応のない日もある。

師匠の言うところの「ずるずるにスベった」というやつだ。

「さすがに、こたえます」

「でも、伊予さんが笑ってもらいたいのは、お兄さんだけなんでしょ?」

「そう、ですが」

「なら、お兄さんがお好きな噺だけ、うぅんと稽古したらどうかしら」

「兄上の、好きな噺……」

邑楽は、自分が心の底から面白いと思う噺をしろと言う。

初瀬は、吉弥が好きな噺をすればいいと言う。

たしかに、どちらも一理ある。

もしもその二つが重なる噺があれば、伊予の願いはきっと叶えられるはずだ。そんな都合のいいものを願ってしまう自分が、少し情けないけれど。

「お兄さんは、どんな噺がお好きなの？」

「えぇっと……ごめんなさい、すぐには思い出せません」

それほど長いこと、伊予は吉弥の笑顔を見ていなかった。

じっと考え込んでしまう。

「伊予さん？」

「……。はい？」

「あそこで、まるで泥棒さんみたいに逃げ出そうとしてるのって……邑楽師匠じゃないの？」

「あっ!?」

初瀬の白い指の先で、忍び足で邑楽が表通りに抜け出そうとしていた。

これから寄席に顔付けされているのに、だ。近頃は神妙にしていたから、邑楽の怠け癖をすっかり忘れていた。

伊予は駆け出す。

「師匠、どこに行かれるんですか、仕事ですよ!」

「げっ!」

「げっ、ではございません!」

いつもの愉快な追いかけっこに、あちこちから笑い声があがった。

こんなふうに、吉弥が笑ってくれたらいいのに。

そういえば、あれ以来何となく気まずくて、吉弥と話していなかった気がする。

久方ぶりに、吉弥と言葉を交わしてもみよう。

そう決意した伊予の頬に、冷たいものが当たった。

井戸端で話し込んでいたおかみさん連中が「あら」と空を見上げる。

「いやだぁ、雨?」

「秋雨ってやつだねぇ」

「酷くならんとええけど」

見上げると、先ほどまで晴れ渡っていた空は曇天に変わっていた。

◆◆◆

東の空が、薄紫色に染まっている。

明け六つ（午前六時頃）になれば、江戸中の木戸口が開放される。

朝稽古ともなれば、その前に家のことをきちっと片づけてしまう必要があった。

もうすぐ飯が炊けるから、納豆売りから納豆と葱を買い付けて精の出る朝餉にするつもりだ。

まだ眠い眼を擦りながら朝餉の支度をしていると、吉右衛門が怪我をした足を引きずって小さな台所にやってきた。

橋本道場恒例の朝稽古まではまだ刻がある。

けれど、普段の吉右衛門であれば足が少しでも動くようにと道場でひとり木刀を振っているはずだ。

「伊予、竈《かまど》の火は落としたか？」

「はい、すまし汁をちょうど沸かし終えました」

「そうか、少し話がある」

「はい、なんでしょう父上」

「大事な話だ、こちらへ」

「はい……」

嫌な胸騒ぎに、伊予はぎゅっと拳を握りしめる。


予感は的中した。

まだ誰もいない道場で、親子三人。

背筋を伸ばして座る吉弥が、重々しく口を開いた。

「年が明けたら、この家を出ることにした」

「……え?」

吉弥が何を言っているのか、わからなかった。

家を、出る。

一体、どういうことだろう。

「伊予、いきなりのことで驚いているだろうが、すでに父上とは何度も話をさせていただいた」

低く、静かで、生気のない声。

吉弥はゆっくりと、けれども確固とした意志をもった表情をしている。

「私はこの家では何もできない。怪我をされた父上にかわって、剣の指南をすることはおろか、やっとうを振れば倒れる始末……伊予が婿殿を取って道場を継ぐにしても、小舅がいては気をつかうだろう」

「そんな！　兄上が出て行く必要など——」

「伊予、吉弥が……男が一度決めたことだ」

「父上、でも」

「笑って送り出してくれないか、伊予」

吉弥のまっすぐな言葉に、伊予は胸を詰まらせた。

伊予が噺の稽古にかまけている間に、吉弥は少しずつ決心を固めていたのだ。それに、伊予は気がつかなかった。

「……家を出て、何をされるおつもりなのですか」

「さぁ、どうしようか」

寂しそうな声色。吉弥が目を閉じる。

「仏門に入るのもいいかもしれぬな」

「まだ決めていらっしゃらない、ということですか？」

年明けといえば、もう三月もない。

きっと吉弥にとって家を出ることのほうが大切で、その先のことは心底どうでもいいと思っているのだろう。

「……伊予」

「はい、父上」

「吉弥はこの家で暮らすことが辛いのだ。私のこの足を見るたびに塞ぎ込んでしまうのは、吉弥にとってもよくない」

「……そ、れは」

吉右衛門の足が悪いのは、事故によるものだ。

所用にて、吉右衛門と吉弥が親子で連れ立って歩いているとき、大八車に大荷物を載せて往来している親子とすれ違った。

道場の目の前での出来事だ。

その大八車が、荷崩れを起こしたのだ。すぐそばにいた子供を助けようと、思わず駆け寄って荷物を押えていた吉弥だが、いかんせん体がついていかない……このままでは、子供もろともに吉弥も荷に潰されてしまう。

そのとき、吉弥を突き飛ばしたのが吉右衛門だった。

長年、剣術で鍛えた吉右衛門の腕は、吉弥と子供を荷の届かぬところまで突き飛ばして――そのまま、荷が吉右衛門を呑み込んだ。

騒ぎを聞いて駆けつけた伊予は、半狂乱で父を呼ぶ吉弥を見つけた。心臓が凍る思いだったのを、今でも覚えている。

さいわい、命に別状はなかったが吉右衛門は右足の腱に深い傷を負った。年のこともあるため元通りになるとは思わないことだ、と医者は言いにくそうに告げた。

それからだ、吉弥が以前にも増して塞ぎ込み――まったく笑わなくなってしまったのは。

「お前もわかっているだろう。吉弥には吉弥の道がある……そう、他ならぬ吉弥自身が決めたのだ」

わかったふうに伊予を諭す吉右衛門だが、その声には悔しさがにじみ出ている。吉右衛門だって悔しいのだろう、我が子が自分自身を見限るようにして家を出るなんていうことは。

伊予が唇を噛んでいると、吉右衛門がさらに言葉を重ねる。

こんなに饒舌な父は、初めてだ。

「伊予、そのような顔をするな。もとより、道場は門弟のうちの誰かに継がせる手はずだったのだ。……あのまま寛一殿がいてくれればよかったのだが」

「寛一様……」

伊予が幼い頃に、橋本道場の門弟だった男だ。

真面目で誠実を絵に描いたような男で、剣の腕も立った。伊予は寛一によくなついていたし、吉右衛門もよく目をかけていた。伊予より十ほど年上だったはずだから、まだまだ上背も剣の腕も伸び盛りだったはずだ。

伊予はすらりと伸びた背筋と、まるで流れる水のようなしなやかな剣筋が好きだった。顔立ちや声はよく思い出せないけれど、あの剣筋をよく覚えている。あれは淡い恋心のようなものだったのだろうか。

寛一がまだ道場の門弟であったなら、もしかしたら伊予と所帯を持って吉右衛門の後を継ぐなんていうこともあったかもしれない。

けれど、寛一は行方知れずだ。

ある日を境にぱたりと道場に来なくなって、それきり。

きっと彼なりの事情があるのだろうと、吉右衛門は寛一のことを捜したり、誰かに尋ねようとはしなかった。けれど、心に小さなトゲとなって今も引っかかっている存在なのだ。

寛一は吉弥とも仲がよかった。彼がいれば、吉弥は今も少しは笑っていて、家を出て行くなんていうことは言わなかったのかもしれない——ここにいない人を頼っても、仕方がないことだけれど。

「とにかく、吉弥は正月の松が明けたら、この家を出る。陰気な顔をしてここで暮らすよりも——」

伊予は吉右衛門の言葉を、さえぎった。

「……兄上が、陰気でなければいいのですか」

「む?」

「私が、兄上に笑っていただけるようにいたします! そのために、私は邑楽師匠に弟子入りしたのです、だから——」

「……その弟子入りというのは、次郎吉を助けるためではなかったのか?」

吉右衛門が厳しい顔をする。

いつも伊予には甘い吉右衛門だが、この顔をするときは別だ。

「くだらんことを言うな。いいかげんに、手を引きなさい」

「くだらなく、ないです」

「嫁入り前の娘がほっつき歩いているのを許しているのは、お前の話芸のためではない。門弟を助けたいというのは、ただの建前であったのか？」

「それは……でも、だって……」

このままでは、父に言いくるめられてしまう。

じわり、と涙が溢れてきそうになって伊予は必死にこらえる。

「父上」

成り行きを見守っていた吉弥が静かに口を開いた。

「ご心配にはおよびません」

「……兄上？」

また助け船を出してくれるのだろうか。

その期待は、すぐに打ち砕かれる。

「正直に言えば、伊予の噺はまるで駄目だ」

「……え？」

「こうしましょう。伊予、今年の稽古納めまでに私を笑わせてみなさい。夜な夜な聞こえてくる稽古を聞く限りは、そんなことはできやしないだろうが。……それでお前も納得するだろう」

まるで、幼子に言い聞かせるような口調だ。

伊予は余計に惨めになる。吉弥に笑ってもらいたい……そんなことすら、自分にはできないのだろうか。

「わかり、ました」

伊予は力なく頷いた。

これ以上、ここで駄々をこねても事態がよくなるとは思えなかった。

それに道場の外に幾人か門弟が集まって、中の様子をうかがっている。

門弟にこんな話は聞かせたくないし、落ち込んでいる顔を見せたくない。それは吉右衛門も同じだろう。

「……みなさん、おはようございます！」

伊予は努めて明るい顔で、道場の門を開いた。

橋本道場の朝稽古が始まる。

◆◆◆

それからは、稽古稽古の日々だった。

天麩羅屋のおみっちゃんや、長屋のおかみさん連中を相手にして喋ってはみたが、相変わらず芳しい反応は得られない。

ときには寄席の席亭に頼み込んで前座の前座ということで一席申し上げる機会をもらったけれど、それでも同じことだった。

十二月《しわす》になってもまだ薄物を着ている邑楽をみかねて、おかみさん連中が羽織に綿を入れてくれた。それを着た邑楽はぬくぬくと長屋で丸まっている。

それを横目に、伊予が声を張り上げる。

「……穴子だよ！」

馬鹿な男の声を作って、『からぬけ』という短い滑稽噺のサゲを演じているところだった。

演じきって、ふぅと息をつく。

邑楽がどんな反応をするのかは、わかっていた。

「あっはは、てんで駄目だねぇ」

邑楽が気の抜けた声で言う。

「……はい」

「神妙な顔するんじゃありませんよぅ……きゃんきゃん噛みついてこないんじゃ、つまらねぇ」

「駄目なのは、わかってますから」

伊予はありていにいえば、いじけていた。

もうすぐ兄がいなくなってしまう、という焦りばかりが頭の中を渦巻いて、ちっとも稽古に身が入らない。

「……その、師匠はカタブツだったり陰気だったりするのも芸のうちだから、無理に変わろうとしなくていいとおっしゃいますが、私にはそうは思えないのです」

「ふぅん？」

「だって落とし噺はどれも、カタブツが演じても面白くないのです」

邑楽のように噺をこしらえる噺家ばかりではない。

古くからある小咄の多くは、坊主の説話集や唐土の昔話をもとにしている。

伊予が覚えたのは、そういった小咄だ。

だが、そういう書物に出てくるのは、とても暢気だったり、しみったれていたりする人ばかりだ。伊予とはまったく違う。

「私のような面白みのない者では、兄上を笑わせることなど……」

「くだらねぇこと言ってるなぁ」

「な、くだらない!?」

こちらは大真面目に落ち込んでいるのに、なんて言い草だ。

「お前さん、近頃のアタシの当たり題がわかってねぇのかい?」

「当たり題……?」

「アタシがこさえた噺のなかで、いっとう客に好かれてるのはお前さんの話ですよ、カタブツ娘の噺」

思い出した。

弟子入りしてすぐに、邑楽がこしらえた噺だ。馬鹿丁寧でカタブツの娘と、そんな娘を嫁にもらった男の滑稽噺。初めて聴いたときには、笑いながら怒ったものだ。あからさまに伊予をもとにした噺だった。

「でも、あれは師匠が作ったからで……」

「いいやぁ、アタシがこさえても、鳴かず飛ばずの噺もある。ありゃ、出てくる人の面白みでウケてるんだろうさ」

「人の、面白み」

「あとは、アタシが心から面白ぇと思って演ってるってぇのもありますねぇ」

「面白い、ですか」

それも伊予にはわからないことだった。

自分が面白いと思う噺。

吉弥が笑ってくれる噺。

正しい答えがわからない。そもそも、正しい答えなんてないのかもしれない。

「あぁ、お前さんも、お前さんが心から面白ぇと思える噺をやりゃいいのさ……聞くところによると、兄上様ってぇのも、昔は笑ってたんだろ？」

「そう、ですね。もう思い出せないくらい昔には」

それこそ、子供の頃のことだ。今となっては、何にあんなに笑っていたのか思い出せない。

「だったら、それを見つけるのが手っ取り早いんじゃあないですかねぇ」

邑楽がニカッと笑ってみせる。

綿入れにくるまって、畳にだらしなく寝そべって……だらしのない格好なのに、腹が立つほどに色っぽい。

「お前さんが思っているよりも、お前さんは面白いぜ。鬼弟子」

「……そうやって、女の方をたぶらかしているのですね」

邑楽の弟子として、一年近く寄席に通ってわかったことがある。邑楽には娘衆の贔屓が多い。

伊予も何度か「誰よあの女！」という視線にさらされたことがあるが、それだけ邑楽に入れあげているということだろう。

はじめは、この涼やかな男前のせいだと思っていた。

だが、それだけではない。娘連中が客席に多いときには、それ用の噺を高座にかけるのだ。他の芸人はそれがない。職人の男たちが喜ぶ噺を、娘相手にもしてしまう。

そうなれば、どちらに軍配が上がるのかは明白だった。

邑楽の高座は、やはり一級品だ。魅力が溢れている。

……いや。断じて伊予が邑楽に魅力を感じているというわけでは、ないのだけれど。

（それにしても、いつまでも鬼弟子、鬼弟子って……私には橋本伊予という名があるのに）

伊予はなんとなく、そこが引っかかって邑楽を恨めしそうに見た。

「なんだぃ、妙な顔して」

「し、て、ま、せ、ん！」

伊予の様子に、邑楽がけらけら笑い転げる。

「そんなことより、師匠。もうそろそろ出かけますからね！」

「おう、もうそんな頃合いかねぇ」

「えぇ、孔雀亭さんです」

「お、ワリのいい仕事じゃねぇか」

孔雀亭は、このところの寄席の人気に目を付けてやり手の興行師が立ち上げた小屋で、出演料であるワリが高いことで評判だ。

小綺麗な小料理屋の二階を会場にして、ほぼ毎日興行を打っている。

なんと芝居小屋に対抗するかのように真っ昼間から席を設けているのだ。木戸銭も少し高めだが、これが連日の大盛況。

「そのかわり、絶対に出番に穴を空けるな、もしも出番をトバしたりすれば、二度とウチの興行には出さない、って強気ですよ」

「はー、ちょいと前だったらアタシなぞにゃ声もかからなかっただろうにねぇ、そんな寄席小屋」

邑楽がおどけてみせる。

「お席亭は師匠のことを気に入っていますから、今回の興行が上手くいけば、しばらくは安泰ですよ」

「芸人が安泰になっちゃあ、おしまいですよぅ」

「またそんなことを言って。十日間通しで、師匠は主任《とり》ですから……この高座をきっちり務めれば、溜めていた店賃をすべて次郎吉さんにお支払いできる算段ですよ」

もうすぐ、邑楽は十九も溜めていた店賃をすっかり払い終えてしまう。

「思ったより早かったねぇ。さすがは鬼弟子にケツ叩かれただけありますよぅ」

「お尻など叩いていません！」

「ものの例えだよ。で、お前さんは店賃払い終えても、しばらくはアタシの預かりになるつもりなのかい？」

「それは……」

店賃を返し終えれば、伊予が邑楽の弟子で居続ける大義名分がいよいよなくなってしまう。

「……行きましょう、師匠」

伊予は返事もせずに立ち上がった。

◆◆◆

孔雀亭の楽屋口であれこれと仕事をしていると、馴染みのある声がどこからともなく聞こえてきた。

「お伊予ちゃん、来たよ！」

「きれいな小屋だねぇ、鶴亀とはえらい違いだわ」

「ほら、大家さんも引っぱってきたから、ご祝儀弾んでもらうといいよ」

からぬけ長屋の名物、三度の飯より噂が好きなハル、ナツ、フユの三人のおかみさん連中だった。

その後ろで、家主の次郎吉が縮こまっている。

「お伊予さん、いやぁ……邑楽師匠をここまでちゃんとさせるとは、さすがというか、なんというか」

道場に稽古に来るときとは違う粋なよろけ縞の着物姿だが、ころころと転がりそうに丸い次郎吉の体のせいで、よろけ縞も窮屈そうだ。

ハの字の眉毛は、心なしかいつもよりも浮かれてみえる。

「来てくださったのですね、ありがとうございます」

熱心な客から逃げるように出番の直前まで出歩いている邑楽にかわって、伊予は深々と頭を下げる。

木戸銭もきっちり払って、高座を見に来てくれたのだ。

「水くさいなぁ。初瀬はんまでお声がかかっとるんや、あたしらぁが来んで誰が来るってのさ」

三人の中で、いっとう年かさのフユが胸を張る。

孔雀亭の席亭が元深川芸者、初瀬の噂を聞きつけて寄席の賑やかし、お囃子として雇ったのだ。

美男の邑楽と、美女の初瀬……今まで寄席には縁のなかった客を呼び込むという算段もあるようだった。芝居小屋と客を取り合うつもりなのだろうか。

いつものおっちょこちょいな様子とはがらりと変わった、艶やかな仕草で初瀬が頭を下げた。

「お姉さん方、お運びくだすってありがとう存じます」

「はぁ～、初瀬さん粋だねぇ」

久々に出かけるからと、みな一張羅に袖を通して楽しそうだ。

(……伽羅楽さんもいるんだけどな、一応)

評判の天然色エキマン灯怪談の四季亭伽羅楽も、孔雀亭に顔付けされている。真夏が旬の怪談噺だから、少し前ほどではないけれど伽羅楽の芸は広く受け入れられているし、人気がある。

「はは……みなさん、楽しそうでよかったぁ」

いかんせん、陰気で影が薄いから邑楽や初瀬のように客からちやほやされることはないけれど。

「伽羅楽さんの芸、初めて拝見します……」

「あぁ、邑楽師匠から聞いてる……怖いの、嫌いなんだろ……」

「えっ」

邑楽がそんなことを話していたなんて。意地を張っても仕方ない。

「……まぁ、はい。そうですね」

「怖がっていただけるのは……おいらにゃ嬉しいことですよ……」

伽羅楽がにこり、と笑う。どちらかというと、にたり、という感じだけれど。

「今夜は新作だから、楽しみに……してて……」

「は、はぁ」

どうやら、伽羅楽なりに伊予に気をつかってくれているらしかった。

伊予はそわそわする気持ちをおさえながら、あれこれと手伝いに走り回る。

この日も伊予は高座に上がったけれど、からぬけ長屋のみなが、やけに大きな声で笑ってくれる声ばかりが耳についた。

◆◆◆

「はぁ、面白かったぁ」

伊予とそう年の変わらないハルが、まるで子供のように頰を紅潮させている。孔雀亭での豪華な興行は大成功だった。

寄席小屋といえば、落とし噺や講談ばかりという習わしを打ち壊したのだ。

前座の伊予の小咄は、ウケないかわりに大きなしくじりがない。

そこから、幾人かの噺家の出番の合間に、元深川芸者の初瀬が粋な小唄や巷で流行り始めている都々逸などを唄い、伽羅楽のエキマン灯が若い娘たちに悲鳴をあげさせる……主任の邑楽が高座に上がる頃には、すっかり客は寄席の芸に酔いしれていた。

今は小屋の中では、演者にワリが配られている頃だ。

手狭な楽屋に人が溢れてしまったので、伊予はこうしてからぬけ長屋の面々と表通りで邑楽たちが出てくるのを待っているのだ。

ナツが訳知り顔で言う。

「邑楽師匠が考えたらしいわよ、たくさんの芸人を寄席に出すっていうの」

「そうなのですか？」

初耳だった。

「あら、お伊予ちゃん聞いてなかったのかい」

「はい」

邑楽は伊予の前ではいつでもへらへらしていて、頼りない。まさか寄席の顔付けについて考えているなんて思ってもみなかった。

「師匠、いつも酒飲んでは『これからの寄席は講談だけ、噺だけじゃあいけない……伊予くらい変わった芸があってもいいじゃないですか』……ってくだ巻いてるのよ」

「えぇ!?」

驚いた。伊予の噺を、下手くそではなく『変わった芸』と思っているのか。

邑楽の懐の広さに、伊予はしばし呆然とした。

「あぁ見えても、やっぱり当代の看板芸人ねぇ」

「ほんまやね。顔が良いだけのぐぅたら男じゃあらへんってことやな」

「ちょっと、あたしはそこまでは言ってないよ」

あはは、と三人娘が笑う。

次郎吉は、「明日の朝稽古に差し障るから」と先に帰ってしまった。ありがたいくらいに、熱心な門弟だ。

「そういえば、お伊予はん。あんたのうち、剣術道場なんやろ」

「はい、そうですよ」

「じゃあ、聞いた？」

「聞いた……って何をです」

「このところ、出るらしいんや……道場破り気取りのゴロツキが」

「穏やかじゃありませんね、道場破りなんて」

それは物騒だ。

「まぁ、本物の道場破りじゃないんだって。実際はただのゴロツキでな。腕は立つらしいんやけど、ありゃただの喧嘩やね。要するに、ゆすりってこっちゃ」

「ゆすり……」

「押し入りゆすりは重罪だから、道場破りなんていう名目で町の道場で門弟から道場主までボコボコにしてさ……金品を巻き上げて回ってるんだって。道場のほうも不名誉になるからって、奉行所に申し立てるなんてできないだろ。卑怯な奴らさ」

「たしかに、道場破りを騙られてしまえば大事にするのは難しそうですね」

「とにかく、気をつけなよ。道場主が老齢だったり、怪我や病で弱ってたりするところを狙ってくるらしいから」

　このところは、お上からの締め付けも緩んできたこともあり、そういった無法者が江戸に流れてきているとは聞いている。

　もしも今、橋本道場にそんなやつらがやってくればひとたまりもないだろう。師範である吉右衛門は足を痛めているし、吉弥は久しく稽古をしていない。門弟たちも、熱心ではあるけれど腕の立つものはいない。

「せめて、私がお相手できれば、そのような不届き者は成敗してやるのに！」

　伊予は鼻息を荒くして息巻いた。

　近頃は格上だった佐奈にもずっと勝ち越している。落とし噺の稽古で、『眼』が良くなったおかげだ。

　正直、小太刀であれば、ゴロツキになど負ける気がしないのに。

「女が相手にされるかねぇ」

「……されない、と思います」

本物の道場破りではないゴロツキとはいえ、女で小娘で、小太刀遣いの伊予を相手にしてくれるとは思えない。それが、悔しい。

「父上の足も思わしくないし、気をつけなくちゃ……」

伊予がそう呟く。

ふと、誰かにそれを聞かれたような気がして振り返る。

そこには誰もいなかったが、何か違和感があった。

「む……気のせいでしょうか」

「あ、お待たせしましたぁ～」

伊予が首を傾げていると、初瀬が孔雀亭の木戸から出てきた。両手で大事そうに三味線を抱えている。

「あら、初瀬ちゃん！　今日のお三味、よかったでぇ」

「ありがとうございます。伊予さん、それにフユさんたち、お待たせしました。邑楽師匠たちも、もうすぐ出ていらっしゃいますよ……きゃっ！」

伊予たちのほうへ駆けてこようとした初瀬が、つんのめった。

いつものドジではない。

通りがかりの、物騒な風体の男。裾のすり切れた袴に紺絣、木刀を肩に担いだ浪人風の男が、初瀬に足をかけたのだ。

「あっ」

「きゃっ！」

抱えている三味線を庇って、初瀬が体勢を崩す。

どすん、と浪人風の男にぶつかった。

「てめぇ、何しやがる！」

「ひっ」

ぎろり、と浪人が初瀬を睨みつける。まるで飢えた野犬のような目だ。

浪人が拳を振り上げる。その口の端は、にやりとつり上がっている。

初瀬に因縁を付けるために、わざと転ばせたのだ。見目もよく、金の絡む芸の他はふわふわしている初瀬はこうしたことに巻き込まれやすい。

「このアマ、わからせてやる」

「あなたのほうが、足をかけたのでしょう！」

浪人が拳を振り下ろす、まさにそのとき。

伊予の足が、勝手に動いた。

「やめなさい、不届き者――成敗っ！」

伊予は浪人に摑みかかろうとするが、丸腰では届かない。

伊予の手が、空《くう》を切る。

「ぐ……っ」

ごつ、と鈍い音。

初瀬に振り下ろされた拳が、割り込んだ伊予に当たる。

しみついた武芸の体捌きでもって、腕で拳を防ぐ。けれど、大の男の拳は伊予の体を軽々と吹っ飛ばした。

「なぁんだ、この程度か」

くく、と嫌な笑い声をあげて浪人が伊予を睨んだ。

（え、嘘……？）

この浪人、思ったよりも強い。

ガシャン！

近くに積んであった荷に、伊予の体が叩きつけられる。

頭がふらつく。

荷が崩れてくるのが、嫌にゆっくり見えた。

吉右衛門の足を潰して、吉弥の笑顔を奪った荷崩れ——あの光景を思い出す。目の前で起きた惨劇だ。逃げようと思うのに、体が動かない。

「お伊予！」

聞き慣れた艶のある声が、己の名を呼ぶ。

それが誰だかを思い出す前に。

伊予の意識が、ぶつりと途切れた。


——……。

次に伊予が目を覚ましたのは、からぬけ長屋の一室だった。

「気がついた、お伊予ちゃん!?」

「ここは……」

よく見慣れた、邑楽の店。伊予を心配する顔が並んでいる。こんな手狭なところに、よくもこんなに人が入るものだと伊予は思った。

「痛……っ」

ずきり、と腕が痛む。

指も動くし腫れてもいない。腕は折れてはいないようだが、気を失っていたようだ。

「私……どうして……？」

「お伊予ちゃん、大丈夫かい？」

「かっこよかったよ。初瀬ちゃんのこと庇ってさ」

「あの浪人、今度見かけたらただじゃおかへんで！　すたこらさっさと逃げよってからに！」

ハル、ナツ、フユのおかみさん三人衆。

「危なかったねぇ、もうちょっとで下敷きになるとこだったよ」

「楽屋口からちょうど出てきた邑楽師匠が、間一髪のところで荷を押えてくれてさ」

「せやせや、あの師匠にあんな身のこなしができるなんてなぁ」

「……師匠が……？」

まだぼんやりする頭で、伊予は思う。

「し、師匠は大丈夫なのですか!?　顔や腕にお怪我は!?」

「大丈夫さ、お伊予ちゃんを助け出したら、当人もひらりと体をかわしてさぁ。傷ひとつないし、怪我人もなし！」

「よ、かった……」

自分のせいで邑楽が大怪我を負ったら、と思っただけでも気が気でなかった。吉右衛門のこともあり、余計に肝が冷えた。

「師匠は……？」

「鬼弟子の寝顔なんざ見たくねぇ、って隣の店にいるよ。まったく、素直じゃないねぇ」

「そうさ。お伊予ちゃんが目を覚まさないってんで血相変えてたんだから。あんなに焦った師匠、初めて見たよ」

「そう、だったのですか」

あとでお礼を言わなくては。

そんなことを考えていると、誰かがしゃくり上げる声が聞こえた。初瀬がぽろぽろと涙を流している。

初瀬の肩を抱いているのは、材木問屋の若旦那で初瀬のいい人、孝輔だった。

「伊予さん、ありがとうございます……ご、ごめんなさい……」

「……初瀬さん、それに孝輔さん」

「お伊予さん！　初瀬を助けてくださすって、ありがとうございます……あなたには、何度も助けられる」

「孝輔さん、どうしてここに」

「その、邑楽師匠に言われたとかで、とても陰気な方が店まで知らせてくださったんです」

「伽羅楽さんですね」

陰気といえば、あの人だろう。

「ご心配をおかけしました、みなさん」

伊予はぺたりと座りこんだまま、深々と頭を下げる。

すると、かららと乾いた音とともに邑楽が入ってきた。

「鬼弟子、目ぇ覚めたかい」

「師匠！」

邑楽に怪我はない。

それを目の当たりにして、ほっとした伊予の目に涙がにじんだ。

「へへ、マヌケ面してやがる」

「なっ、何を言うのです！」

「だから、マヌケ面――」

「マヌケもタヌキもございません！　せっかくお礼を申し上げようと思ったのに！」

「はっはは、今のはいい切り返しじゃねぇか」

「も、もう……」

邑楽をじっと睨むと、不気味な声が聞こえてきた。

「うぅ……ぉ、よ、よかったです……お伊予さん……」

「ひぃっ」

後ろに幽霊が立っているのかと思ったが、伽羅楽だった。

「しっかし、あんな奴らがほっつき歩いてるってのは恐ろしいねぇ」

「ほんとに！　伊予ちゃんも、気をつけなくちゃいけないよ」

「は、はい」

「さ、邑楽師匠。伊予ちゃんを送っておやり！」

「あ？　おいおい、フユさんよぅ、なんでアタシが――あだっ！」

「ほら、行っておいで！」

向こう臑を蹴り飛ばされて、邑楽は「はーぁ」と大きく溜息をついた。

「……ほれ、鬼弟子」

まだぼんやりとしている伊予に、邑楽が手をさしのべる。

「その……よくやったな、送ってく」

「は、はい」

「それと、悪かった」

「え？　何がでしょう……師匠が助けてくださったのに、どうして謝るのでございますか」

「違いますよぅ」

邑楽はバツが悪そうに頬を掻く。

「お前さんのお節介、いつぞやに『厄介だ』なんて言って悪かったですよぅ……とっさに他人様を助けるために足が動くモンのお節介が厄介なわきゃねぇや」

「……師匠！」

邑楽が、伊予のことを認めてくれた。

心に季節外れの花が咲いたような、そんな心持ちだ。

「お前さんの真心がありゃ、吉弥さんも笑ってくださるだろうさ」

「はい、頑張ります！　……師匠、どうして兄の名を？」

「おっと、お前さんから聞いたような気がするがね」

邑楽はおどけて肩をすくめる。

伊予は、やっと差し伸べられた手を取る。

いつもひやりとしていると思った邑楽の手が、温かかった。

◆◆◆

――吉弥の、好きなものをうんと稽古したらいい。

初瀬に言われた言葉が、ずっと伊予の胸の内にひっかかっていた。

年の瀬が押し迫り、少しずつ手狭な屋敷の中を掃除し始める頃合いになってきた。

「……あの書き付け、なんだろう」

夢を見た。

幼い頃の夢で、父も母も、兄も伊予も笑っていた。

何枚かの半紙を手にして、笑っていたのだ。たぶん、何かの、書き付けを見て
……吉弥が笑ってくれるとしたら、あの書き付けが何かのきっかけになるはずだ。

「ああ、もう……なんでもかんでも忘れちゃって、嫌になる」

目の前の物事にいっぱいいっぱいになって、たくさんのことを忘れてきてしまっ

た。母が生きていた頃のことは、ほとんど覚えていない。母が優しかったこととか、髪を結ってもらったこととか、そんなことばかり覚えている。

あの日、どうして家族で腹を抱えて笑っていたのか。

それがどうしても思い出せないのだ。

(どうして、忘れてしまったのだろう……とても大切なもののはずなのに)

伊予はじっと考え込んでしまう。

座りこんで、うつむいたまま目を閉じる。

意固地になっていたのかもしれない。正しいことだとか、きちんとしたことだとか、そういうものにとらわれて楽しかった思い出を心の行李の奥に押し込んでしまった。独りよがりだった。

邑楽と出会って、人と向き合うようになって——それから、己とも向き合うようになって。伊予は少しずつ、大切なことを思い出してきたように思う。

吉弥に、笑ってほしい。

これ以上、家族がばらばらにならないでほしい。

まだ母が生きていた頃、何にもとらわれていない吉弥と伊予は、もっと心のままに笑っていたはずなのだ。

（そうだ、私は兄上が大好きだった……だって、兄上は——）

伊予はふっと顔を上げる。

視線の先にあるのは、吉弥の部屋だ。

「……兄上は、夜な夜な何を書いていらっしゃるのかしら」

吉弥の、墨で汚れた黒い指。

幼い頃から熱心に手習いをしている吉弥は筆達者で、書の腕は確かだ。あんなにも指を汚すことは、普通であればあり得ない。

では、普通ではないことをしているのだ。

たとえば、試行錯誤をしながら——何かを書いているとか。

伊予はそっと立ち上がり、吉弥の部屋に近づいた。

そっと、中を覗いてみる。

吉弥の部屋は、決して広いとはいえない橋本家のなかでももっとも狭い。吉弥本人がどうしても、と言ってきかなかったのだ。

自分のような穀潰しにはこれ以上は贅沢だ、と。

部屋はガランとしている。

立て回した衝立の中には、よく手入れされているものの綿がすっかりくたびれてしまった煎餅布団。あとは、行李と小さな文机だけだ。

「……そうだわ、文箱」

文机の下、まるで隠しているように古い文箱が置かれている。

吉右衛門も吉弥もいないことをたしかめて、そっと部屋の中に入る。音を立てないように文箱を取り出して、おそるおそる蓋を開けた。

文箱の中には、ぎっしりと何かが書き込まれている紙が詰め込まれている。

箱の蓋が閉まらないほどだ。

「手紙でもなければ、サラの紙でもない……」

そっと取り出した紙。

どきどきと胸が高鳴る。

その書き付けには、見覚えがあった。

(そうだわ、夢で見たのと同じ……)

吉弥の几帳面な字に目を通す。

「これは……そうか、そうだわ。兄上はずっと……」

何枚かの紙を見繕い、懐に収める。

吉弥に笑ってもらうための噺があるはずだ——ずっと、それを探していた。

「兄上は、きっとまた笑える。いえ、笑っていただきます」

ひとつも笑顔をみせない、あの能面のような顔。

あれは、橋本吉弥のまことの姿ではない。

本当の吉弥はもっともっと、愉快な人間だ。

どうして、忘れていたのだろう――。


数日後。

伊予は邑楽の前に正座をして、深々と頭を下げた。

「師匠、そういうわけでして明日の寄席はお休みをいただければと」

「……おう、気張れよ。鬼弟子」

明日は橋本道場の稽古納めだ。

つまりは、明日までに伊予が吉弥を笑わせなければ、吉弥は来年の松の内（一月七日まで）が明ければ、家を出てしまう。

あてのない暮らしに、体の弱い吉弥が耐えられるとは思えない。もしかしたら、今生の別れのつもりなのではないだろうか。

伊予は吉弥の部屋で例の書き付けを見つけてから、寝る間も惜しんで稽古を積んできた。

昨日はやっと、天麩羅屋のミツが腹を抱えて笑ってくれたのだ。

長屋のおかみさん連中も、「一皮むけたねぇ」とか「さすがは邑楽師匠の愛弟子やね」とか褒めてくれる。

けれど、不安はずっと胸にある。

やるしかない。明日、吉弥に落とし噺を聴いてもらう。

伊予の一世一代の大舞台だ。

それと、心配事はもうひとつあった。

「いいですか、師匠。明日は孔雀亭の千秋楽……十日ぶんのワリをいただけば、師匠の溜めた店賃はきれいに納められるわけです」

「ああ、そうだなぁ」

「何があっても、遅れて行ったり出番をトバしたりしてはいけませんからね。いいですか、師匠!」

「お前さんはアタシの嬶かよぅ、わかってらぁな」

「師匠はわかってないから申し上げているのです。それに、か、嬶……内儀ではございません」

「内儀とは大きく出たねぇ……なんだぃ、お前さん照れてるのかい？」

「照れてなどおりませぬ！」

伊予は立腹する。

頬が赤くなっているのはわかっているが、これは腹を立てているからだ。断じて、照れているからではない。

「……それで、明日は勝つ腹づもりなんだろう？」

「はい、もちろんです」

伊予は大きく頷く。

懐には吉弥の文箱から拝借した書き付けを大切にしまっている。

稽古は十分にしたたし、手応えもある。

「必ず兄上に笑っていただきます——この噺は、日ノ本でいっとう面白いのです」

「ふぅん……ま、アタシも聴かせてもらったが悪くありませんよぅ。噺をこさえる身としては、ちょいと妬けちまうくらいだ」

「この噺、師匠からご覧になっても面白いものでしょうか」

「ああ、よくできてらぁ」

邑楽は煙管の羅宇を弄びながら言う。

「お前さん、春先とはまるで別人だよ。よぅく客のことや、人のことを見るようになった。頭ごなしに手前の正しさを押しつけなくもなったし――何より、お前さんの噺は面白くなった」

「……はい」

「まったく、アタシのような師匠のもとでも弟子ってぇのは育つもんだねぇ」

邑楽はすっと背筋を伸ばし、伊予に向き直る。

「お前さんはよくやりましたよ、お伊予」

「し、師匠……」

邑楽は初めて、面と向かって伊予の名を呼んだ。

今までは、鬼弟子だのお前さんだのと、頑なに伊予の名を呼ぼうとしなかったのに。

優しげに名を呼ぶ邑楽の声は、伊予にとってはどこか懐かしいものだった。

「気張りなよ、お伊予」

「……はい」

孔雀亭の高座を務めたあと、邑楽は伊予の背中を火打石の切り火で清めて送り出してくれた。

正月の挨拶回りには早いよと、楽屋にいた他の芸人が茶々を入れてくるのを、邑楽は「うるせぇやい」と睨み返した。

その不器用な優しさが、伊予には嬉しかった。

◆◆◆

翌日は、朝からよく晴れた。

稽古納めは、不思議と背筋が伸びる。

その年のすべてをまとめるような、厳かな心持ちになるものだ。それと同じくらいに、正月への期待と、暮れの掛取りへの不安で門弟たちは浮き足立つ。

稽古が始まるより前に集まった者たちは、やれ餅はどうしただの、暮れにきれいにしなければならないほうぼうへのツケの支払いはどうするかだの、常とは違う話に花を咲かせている。

「おや、吉弥さん。お珍しいですね」

道場には吉弥の姿もあった。珍しい道着姿だ。

相変わらず、墨で汚れた真っ黒な指を拳の内に隠している。

体が強くないために、いつも稽古に出るわけにはいかないものの、几帳面にもこうした節目の稽古には必ず顔を出すのだった。

道場の片隅で門弟の稽古を見守っている。吉弥が撃剣の稽古に参加することはない。

伊予も小太刀の腕はいっぱしだし、剣術だって極めたいと思っている。けれど、女の身でそれは許されないことだった。

好敵手だった佐奈がこの年末に祝言をあげて品川のほうに嫁いでしまったのもあり、少しばかり張り合いのない稽古納めだった。

ただ、このあとに控えている大舞台を思うと気が気ではない。

まずは稽古で気持ちをすっきりと研ぎ澄ましてから、吉弥に噺を聴いてもらおうと思っている。

「さぁ、稽古を始めましょう。塾頭は皆を――」

吉右衛門が穏やかに声をあげた、そのときだった。

「頼もう！」

だみ声が、道場のぴんと張り詰めた清い空気を震わせた。

聞き覚えのある、がらの悪い声だった。

「……この声」

道場の隅に座っていた伊予は、ぎゅっと眉根を寄せる。

この嫌な声を、つい近頃聞いた気がする。

そうだ、孔雀亭の木戸口で初瀬に絡んでいた男……あの浪人の声にそっくりだった。

突き飛ばされたときの痛みや怖さが、伊予の背筋を震わせる。

じわり、と嫌な汗が背中を伝う。

「ここの道場主ってぇのは、どいつだ。ひとつ手合わせ願おうじゃねえか……どっちが強いか、わからせてやるよぉ」

わからせてやる——そうだ、やはりこれは孔雀亭の前で聞いた声。

裾のすり切れた袴をばさばさと捌きながら、足も拭かずに道場に上がり込んできた男。

孔雀亭で初瀬に因縁を付けた浪人だ。

「俺の名は五十嵐北斗《いがらしほくと》。剣客ってやつだ。道場破りつかまつる！」

きひひ、と下品な笑みを浮かべている。

「ど、道場破り……」

気の弱い門弟が、へなへなと腰を抜かした。

違う、と伊予は思った。

あんなものは道場破りでもなんでもない、ゴロツキだ。

忠告されたことが、本当になってしまった。


五十嵐北斗なる剣客は、品もなければ剣への敬意もないようだった。

乱暴に竹刀や木刀を扱うし、剣筋もめちゃくちゃだ。

ならず者が、道場破りを名乗っている。

けれど、強かった。

橋本道場の門弟が、誰一人として歯が立たない。

もとより武家の子息たちが集まって腕を磨き合うようなところではない。鍛冶町の片隅で広く町人にまで門戸を広げて開いている道場だ。

「ぐ、うわぁ！」

「ははは、遅い遅い！　剣筋が丸見えだ！」

北斗は門弟を叩きのめすたびに、げらげらとあざ笑う。

そのたびに門弟たちは縮みあがって、戦意を喪失していくのだ。

「……どうしよう、このままじゃ道場が……」

「くそう、先生の足が悪くなけりゃ……」

道場破りに軍配が上がれば道場を畳まねばならない、という不文律がある。道場破りに敗北してなお、師範を続けるのは恥という向きがあるし、そんな道場に通うのは格好が悪いと後ろ指を差される。ほどなくして、道場は門弟に見向きもされなくなる——。

橋本道場の門弟は、みな吉右衛門を慕っているから、そのようなことにはなろうはずもないが、吉右衛門はきっとそれを潔しとはしないだろう。

道場破りに敗北した道場主は、名誉も暮らしも丸ごと失ってしまうのだ。

奉行所に届け出ることも、不名誉すぎてできやしない。

だからこそ、この北斗のやり口は汚いのだ。

「はん！　歯ごたえのない門弟ばかりけしかけるとは、橋本吉右衛門とやらはとんだ腰抜けだなぁ」

北斗が竹刀の先で吉右衛門を指し、嘲笑《ちょうしょう》した。

「せ、先生を愚弄するな」

「うるせぇ！」

「ぎゃっ」

門弟がまたひとり、もんどりうって倒れ込んだ。

それを見た吉右衛門が動かぬ右足を押して立ち上がろうとするたびに、別の門弟がそれを押しとどめて北斗に向かっていく。

ついに若い門弟が残らず床に転がされてしまう。

「わ、わしがお相手をしましょう」

声をあげたのは、次郎吉だった。

剣術は年寄りの道楽でやっている、と言って憚らないからぬけ長屋の大家。

もちろん、立ち合いにすらならない。

「ひぃっ」

あっという間に足蹴にされて、転がされて、それでも門弟たちは吉右衛門に竹刀を握らせない。自分たちの道場主の足が、動かないのを知っているからだ。

ひとり、またひとり、北斗に負かされていく。

残る男は、吉右衛門と吉弥のみとなってしまった。

すべてを悟ったような顔で、吉右衛門が立ち上がる。

「……父上、なりませぬ」

吉弥がそれを制して、立ち上がる。

その手には竹刀が握られていた。伊予は悲鳴をあげる。

「兄上！　無茶です、おやめください」

「そうですよ……吉弥さん、殺されちゃうよぅ……」

門弟たちがざわついた。

「いえ、やらせてください。少しでも、あの北斗という御仁の剣筋を父上がご覧になれるようにしなくては」

吉右衛門が北斗に太刀打ちできるようにと考えているようだった。

しかし、と吉右衛門が口ごもる。

「あの強さを見ていただろう、お前では」

「それでも、やらねば。……最後の親孝行です、少しでも刻を稼ぎます」

「吉弥、お前」

「なんだぁ、お前が相手かい？　ふざけるんじゃねえよ、ひょろっひょろじゃねぇか」

北斗が、吉弥の貧相な体を頭のてっぺんからつま先まで、舐めるように眺めて、唾を吐きかけた。

それを見て、伊予は激高した。

「無礼者、兄上に何をするのですか」

何から何まで、正しくない。

この北斗という男、成敗しなくては気が済まない。

「私がお相手します、兄上は下がっておられてください！」

小太刀を携え、伊予は北斗の前へと歩み出た。

先ほどまで、北斗の剣筋は何度も見た。強い。ゴロツキにしては強すぎるくらいだ。けれど、きっと今の伊予ならば。

淡い期待が、伊予を突き動かす――しかし。

「アァ？　なんだこのアマ、俺が女なんぞ相手にするわけがねぇだろうが」

「……っ！」

雷鳴のような大声で、北斗が凄む。

伊予は必死で言い返そうとする。それなのに、言葉が出てこない。

小太刀を握る指も、まるで大雪でかじかんだようになっている。

すくんでしまったのだ。

いつもの伊予であれば、ただの大声に怯むようなことはなかっただろう。

けれど、孔雀亭の前で吹っ飛ばされたときの恐怖や痛みは、まだ伊予の中に生々しく残っている。

もしも、あのとき邑楽が助けてくれなければ、きっと伊予は大怪我を負っていたに違いない。

その自覚が、伊予の体を凍り付かせる。

吉弥はそれをすぐに察したようだった。

ずいっと伊予を後ろに庇って、震える声で北斗に言った。

「わ、私が、お相手つかまつる」

「あぁ？　てめぇがねぇ……いいじゃねぇか」

北斗はにたりと残忍な笑みを浮かべた。

「ぐはっ！」

「おいおい、病人相手にしてるわけじゃねぇよなぁ？　道場主の倅がこれじゃ、たいした道場じゃねぇや！」

吉弥の細い体が吹っ飛んで、冷たい板の間に転がる。

もう何度目のことだろう。

「ま……まだ、まだ……」

「なんだよ、また立つのか……そろそろあんた、死ぬぜ？」

北斗がなかばウンザリしたような声で吐き捨てた通り、吉弥は何度吹き飛ばされても「参った」とは言わない。

もし吉弥が負ければ、次は吉右衛門が立ち合う番だ。吉右衛門が負ければ、橋本道場が道場破りに敗れたことになる。

それを少しでも引き延ばそうと、竹刀を握るのもやっとのはずの吉弥は足掻いているのだ。

「おらぁ！」

「……っ」

もう、声も出せないほどに消耗している。

「兄上！」

「だ、めだ。くるな、伊予……」

争いごとが嫌いで、病がちな吉弥。

そんな吉弥が何度も何度も立ち上がる様に、門弟たちは涙ぐんでいた。

けれども、幾人かは道場からそっと抜け出して逃げ出しているようだった。泥船に好き好んで乗り続ける者はいないといえばそうだけれど。

「ぐ……っ」

「……おいおい、参ったって言えよ。俺は人殺しにきたんじゃねぇ、道場破りにきたんだぜぇ？　道場主が負けて這いつくばってるとこが見てえのよ、この暮れはどうあったって年を越せそうもねぇし、好き放題やらねぇとなぁ！」

北斗がくっと喉を鳴らす。

荒々しい性分ゆえに、行く先々で揉め事を起こしては出入り止めになる。さらには酒にも溺れて借金をこさえて首が回らないというわけだ。

この道場破りは、その腹いせのようなもの。名誉を金で買おうという道場主から、口止め料を巻き上げてやろうといった算段もしているというわけだ。

「ほらよぉ、後がつかえてるんだ。とっととシケた道場の負けを認めるがいいじゃねぇか。なぁ？」

北斗に、吉弥が言い返す。

「父上は、お前などには……負けない」

「……てめぇ！」

「ぐっ」

北斗が吉弥を蹴り上げた。もはや剣術の試合ですらない。

けれども、そこに割って入れば北斗の思うつぼだ。そのことをあげつらって、橋本道場に因縁を付けるに違いない。

「お、おやめください……兄上……っ！」

このままでは、吉弥が死んでしまう。

伊予の声が震える。

己の無力に、腹が立つ。

隣で力なく座る吉右衛門が、ぼそりと呟いた。

「……ここに寛一殿がおってくれれば」

「寛一、様」

ずっと昔に道場に通っていて、急に姿を消してしまった若侍。

伊予も何度も思っていたことだ。

（……いいえ、違います）

けれど、どんなに立派な人だったとしても。

寛一はもうここにはいない。

いない人を頼ることは、できない。

目の前のことと、目の前の人と向き合う――それが、伊予が邑楽から教わったことだ。

吉弥は、たったひとりで立ち向かっている。

では、己はどうだ。

伊予は己を恥じた。どうやら、いつのまにか病弱で、無口で、陰気な吉弥のことを見くびっていたのかもしれない。

吉弥は、誰よりも優しく――家族思いで、強い、自慢の兄だ。

ずっと幼い頃、伊予が母の死におびえていた頃にも吉弥は己のやり方で恐怖と戦っていた――あの書き付けが、その証だ。

（怖くても、怖いままで立ち向かわなくちゃいけない……！）

高座に上がるとき、本当はいつだって客が恐ろしい。

同じ噺を同じようにしても、日によってまったく客の反応は異なる。しんと静まりかえった客の前で滑稽噺をする居心地の悪さは、何度味わっても心臓が止まりそうだ。

「それに比べたら、こんな不届き者――」

伊予は勇気を振り絞って、立ち上がる。

吉右衛門が伊予の腕を摑んで止めようとするが、かまうものか。吉右衛門の右足が、いま急によくなって動くようになるなんて都合の良いことは起きないのだ。

伊予の細腕で、北斗に勝てるかはわからない。

それでも、やらなくてはいけないのだ。

「わたくしがお相手いたします！」

女だからといって、ここで声をあげなければ一生後悔する。

伊予は立ち上がった。


――武芸の腕だけであれば、伊予にも勝ち目はあった。

けれど、足りないのだ。胆力や、膂力、それに人を打ちのめすことへのためらいのなさが。

何度も、一本取れる機会はあった。

それなのに、転がされるのは伊予のほうだった。

「きゃあ！」

「はは、嫁入り前の顔に瑕がついちまうな」

北斗が歯をむき出しにしてあざ笑う。

何度転ばされても立ち上がる伊予にイラついているのか、先ほどから太刀筋がさらに荒々しくなっている。

「よく見りゃ、悪くないご面相だ。俺が娶ってやってもいいぜ」

「……誰が、あなたなんかに」

言いようのない不愉快な視線を向けられて、伊予は悔しさに唇を噛む。

北斗の太刀筋が荒々しくなっているのは、よからぬ欲望を伊予に向けているからだった。

汚らわしい。

女と見ればすぐに欲の矛先を向けるなんて。

「はぁ、はぁ……もう一本、参ります……」

こんな男に、負けたくはなかった。

きっと、この男は何かと真剣に向き合ったことはないのだろう。

だからこそ、こんなにも他人をたやすく愚弄するのだ。

まるで、昔の伊予のようだ。頭が固くて、独善的で……けれど、今は違う。邑楽のもとで、落とし噺と向き合った。腹がよじれるほど笑って、声が掠れるほどに稽古をして、色々な人と出会って、自分自身と向き合った。

「あなたなどの嫁に誰がなるか、煮すぎてとろけた雑煮の餅め！」

「……は？」

「すくいがたい、大莫迦者ということです！」

「……てっ」

北斗の顔が真っ赤になっていく。

シャレでこけにされたのが、頭にきた様子だった。

「てめぇ、いいかげんにしろよ、このアマ！」

「……くぅっ」

ばしぃっ、と北斗の竹刀を受け止める。

今までよりも重い剣撃だ。

びきっ、と腕が痛んだ。今までは手加減をされていたのだ――そのことに思い当たって、伊予の心がくじけそうになる。

男女の力の差が、憎い。

（いけない、このままでは――）

伊予が押し負けそうになった、そのときだった。

「おやおや、ずいぶんと物騒な稽古納めだねぇ」

涼やかでのんびりとした声。

剣を振るう気合いばかりが響いている道場に似つかわしくない、艶のある声だ。

この声の主を、伊予は知っている。

「……師匠？」

「弟子の一世一代の高座がどうなったかと思ってみりゃあ、なんでぇ。無粋な客もいたもんだ」

すらりと高い背。

のらりくらりとしているけれども、しなやかで芯の強い体軀。

烏骨亭邑楽。伊予の、師匠だ。

「あの男は……？」

吉右衛門が呟く。

残っている門弟たちも、北斗も、その姿に魅入られたように道場の入り口をじっと見つめていた。

「おい、なんだぁてめぇ。道場破りに余所モンが手出しは無用だぜ。そんなことしようもんなら江戸中に噂を――」

「……弱い犬ほど、よく吠えらぁな」

「なんだと、優男。てめぇ、ただじゃおかねぇぞ！」

「おや、タダじゃないのかい。ワリがいただけるんなら上等、上等」

北斗が凄むのを、ひらりひらりと口先でかわす邑楽。

その後ろ、道場の入り口にはぜぇぜぇと息を切らしている次郎吉がいた。

（次郎吉さんが、師匠を呼んでくださったんだ！）

他にも、道場の入り口にぞろぞろと人が集まってきている。

吉右衛門の足を看ている町医者や同心の姿もある。門弟たちは逃げたわけではなかった。北斗に歯が立たない自分たちができることと向き合って、走ったのだ。

北斗は吉弥が取り落とした竹刀を蹴り、邑楽にそれを拾えとアゴで指図する。邑楽はひょいっとそれを拾うと、お手本のような青眼《せいがん》に構えた。

その構えだけで、門弟たちがどよめく。

ただ者ではない――構えただけで、他者を寄せ付けない迫力があった。

伊予は驚いて目を見張る。

邑楽が、どうして剣を？

それは北斗も同じだったようで、いぶかしげに邑楽を値踏みする。

次の刹那、甲高い気合いとともに北斗が邑楽に打ち込んだ。

不意打ちだった。

「師匠！」

邑楽は、しかし、わずかな足の運びだけでそれをかわし、間合いを切った。

「ったく、粗野なもんだ。お伊予、兄さんを危なくないところに」

「は、はい」

伊予は床にうずくまっている吉弥を助け起こす。

北斗と邑楽の打ち合いに巻き込まれてはいけない。

額が切れて血が流れているが、幸い大きな怪我はなさそうだ。

伊予はホッと胸を撫で下ろす。

いまいましげに伊予たちを横目で見た北斗が、吐き捨てるように言った。

「おい、こいつはなんだい。道場主の橋本吉右衛門さんよぅ」

「師匠は、烏骨亭邑楽。当代イチの噺家で――」

伊予がそれにかわりに答えようとした、そのときである。

「……寛一、殿」

「え？」

寛一？

邑楽が、あの寛一だというのか。

伊予は信じられないものを見るように、邑楽と吉右衛門を見比べる。

「その構え、その体捌き……やはり、寛一殿か」

「……いいえ、橋本先生。アタシは、烏骨亭邑楽と申します……しがない噺家、やくざもんでございますよぅ」

「ど、どういうことですか……師匠、それに父上!?」

「ごちゃごちゃうるせぇなぁ、こいつは余所モンじゃねえのか！」

「……寛一殿は我が道場の、師範代だ」

吉右衛門の声に、わずかに邑楽の眉が下がる。

「……先生」

「はぁ？　てめぇ、何を言って――」

パァン、と乾いた音。

気付いたときには、北斗の持っていた竹刀が、床に転がっていた。

「な……？」

「お前さん、アタシが言えた義理じゃありませんがねぇ」

邑楽の竹刀の剣先が、すぅっと動く。

水のように変幻自在の、平青眼《ひらせいがん》。

相手の動きにいかようにも合わせられる、当意即妙の構え。

「……成敗」

伊予の口癖――邑楽がその言葉を発した次の刹那。

「しょ、勝負あり……」

立ち会い人をしていた塾頭が呆然として呟く。

すでに勝負はついていた。

◆◆◆

くだらない話ですよぅ、と邑楽は言った。

北斗を追い返し、橋本家のつつましやかな居間に邑楽こと寛一を招いたのだ。普段の人を食ったようなものとは違う、静かな声で邑楽は語る。

「寛一……浜田《はまだ》寛一ってぇのは、たしかにアタシの名でしたよ」

邑楽がその名で橋本道場に通っていたのは十五歳、心身ともに伸び盛りの頃だった。

父はさる藩に仕える藩士で、寛一はその三男坊。物心ついたときには母はおらず、幼い頃から英才として大いに期待を寄せられて育った寛一は、国元から江戸に遊学する機会を得た。藩邸で暮らし、人脈を作るための名のある道場に通いながらも、さらなる剣術修行として格は低いが師範の評判が良い橋本道場の門を叩いた。

「剣は嫌いじゃありません、良いご指導を賜りました」

伊予の淹れた茶を啜りながら、邑楽——いや、浜田寛一はぽつりぽつり昔の話を始めた。

「先生と奥様には大変によくしていただきまして。母を知らぬ、年の近しい兄弟も知らぬてぇアタシはまだほんの小さい吉弥さんと伊予さんにもずいぶん心慰められました」

それは伊予もよく覚えている。

同じ境遇の者たちが江戸での暮らしに浮かれているであろう頃に、寛一はよく伊予たちと遊んでくれたものだ。

「……アタシにゃ、藩邸にダチがおりましてね。郷里《くに》から共に江戸に出て参りました」

浜田寛一とその男は親友とも呼べる間柄だったという。

とても真面目で、カタブツと揶揄われても自分を曲げない男だったそうだ。優秀だがどこか雲を摑むような性分をしていると言われていた寛一とは、正反対の男だったが、気が合った。

切磋琢磨する二人の若者の間に、暗い雲が垂れこめたのは江戸にやってきてからしばらく経ってのことだった。

先輩格の若い藩士が「カタブツを直してやる」と女遊びを教えたのだった。初心だった親友はたちまち色恋にのめり込んでいった。

「アタシはね、アイツに話をできたはずだったんです、目を覚ませってねぇ……アイツなら心配ない、って独りよがりにリクツをつけて。アイツを見ていなかった、向き合っていなかったんです」

「師匠……いえ、寛一さん……」

「武士ならば、きっとアイツはひとりで解決できるってぇ思い込んで、いや、そういうアタシの考えを押しつけてたんですよぅ」

伊予は胸が締め付けられるようだった。

まるで、少し前までの伊予だ。

だからこそ、邑楽は伊予に「相手をよぉく見ろ」と伝えたのだろう——あれは噺のことだけではなかったのだ。

「でも、そうはならなかった。アタシは……アイツが藩の金に手を付けるまで、見て見ぬふりをしてた！」

邑楽はずっとそのことを悔いていたのだろう、伊予も見たことがない表情で唇を嚙みしめている。

「盗みを働くアイツともみ合いになりましてね、ちょいとした刃傷沙汰になっちまった……幸い傷も深くない、こちらに非のある話でもなし。きちんと筋を通しゃあお咎めはなかったでしょうが、アタシは逃げ出したんです。そんなときに、ふらりと入った寄席小屋で師匠の落とし噺と出会いましてねぇ……」

そうして浜田寛一は、烏骨亭邑楽となった。

生まれ変わった心持ちで今までの名は捨て、郷里を捨て、出入りしていた場にも寄りつかずに、江戸で独り生きていくことを決めたのだ。

剣の腕を支えていた目と耳の良さは、そのまま芸を支えてくれた。

しかし、寄席も増え、自身にも人気が出てくると再びしがらみが増えてきたことで邑楽は自暴自棄になっていた。

期待をかけられることが、怖くなっていたのだ。

「からぬけ長屋にゃ本当に世話になりましたよ。身元も明かせねぇ、ろくに金も持ってねぇってアタシを引き受けてくだすった。自暴自棄になってろくすっぽ店賃も納めねぇでいたアタシを見捨てずにいてくだすった……次郎吉さんにゃ頭が上がらねえや」

邑楽は肩をすくめる。

「まさか、次郎吉さんが橋本道場の門弟とはねぇ。江戸は狭いってもんですよぅ」

「……でも、どうして言ってくださらなかったのですか」

「そりゃあ、驚いちまってね。あの小さかったお伊予が立派な娘さんになってんだから。こっちは噺家に身をやつしてるわけですから、言えるはずはありませんよ」

「だからって！　お人が悪いですよ、師匠」

「まぁ、がっかりさせたくなかったのさ」

伊予は腹が立った。がっかりなんて、するわけがない。

そりゃはじめは邑楽のことをだらしがないだけの人だと思っていたけれど、すぐにそれは勘違いだとわかったのだから。

「……そういう事情だったのか、寛一殿」

黙って話を聞いていた吉右衛門が口を開いた。

「このような再会、夢にも思っておりませんでした」

「橋本先生。不義理をどうぞお許しください……自棄になっておりましたところ、伊予殿には助けられました」

そんな素直な邑楽の言葉を聞いたのは、初めてだった。

なんとなく気恥ずかしくて、居心地が悪くなってしまう。表通りで子供たちがキャアキャアと楽しげな声をあげている。

「……融通の利かぬ娘ではありますが、心根がまっすぐなのは家内ゆずりで」

道場破り北斗のせいで、すっかり千々になっていたみなの心がやっと落ち着いてきた。年の瀬ということもあり、門弟たちはみな帰してしまったが、今頃彼らも人心地ついている頃であろうか。

茶を啜りながら、ぽつぽつと言葉を交わす四人。

傷の手当てを終えた吉弥は片隅でじっと黙り込んでいたが、ふっと口を開いた。

「これで……私も安心です」

しんと居間が静まりかえる。

吉弥は酷く打ち付けたのか、顔に青黒いあざができている。

「今日のことでよくわかりました、私が橋本家でできることは何もありません」

「そんなことは！　兄上がいらっしゃらなければ、きっと今頃は……」

吉右衛門が道場破りに打ち負かされる前に、邑楽が間に合った――それは吉弥が決して屈することなく北斗に立ち向かったからだ。

それなのに、どうして。

「滅多なことを申すな、伊予。父上があのような道場破り如きに後れを取るわけがないだろう」

「それは、そう……ですが……」

「それに約束を違えることは、仁義にもとる」

約束。それは、稽古納めの日――つまりは今日までに吉弥に笑ってもらうのだと息巻いていた伊予との約束のことだろう。

伊予は唇を噛む。

このような状況で落とし噺をしたとして、吉弥が笑うなどということはありえるだろうか。伊予はたじろいだ。

助けを求めるように、邑楽を見る。

形のよい唇が動く。

——やれ。


とても短い、後押し。

そうだ、伊予はかならずできる。

伊予は姿勢を正して、一礼した。

吉右衛門と吉弥が怪訝な顔をする。邑楽が、にやりと笑う。

「い……」

震える声。伊予は大きく息を吸い込んで、止めて、ゆっくりと吐き出す。邑楽が高座に上がる際にいつもしている仕草だ。何度も、何度も、この目で見た。できる、絶対にできる——だって、橋本伊予は当代の名人、烏骨亭邑楽の弟子なのだから。

「一席のお付き合いを願います!」

よく通る、凜とした声。伊予の第一声で、橋本家の居間が寄席小屋になったような気がして、頭がくらりとした。そうだ、この高揚感だ。

伊予は吉弥をじっと見据える。

客に真正面から相対して、正面を切る——怯むな、顔を上げろ、目線を前に定めろ。邑楽は伊予にそう言った。

研ぎ澄まされている、と伊予は思った。

吉弥の表情がよく見える。まるで吉弥の呼吸までもが手に取るようにわかるような心持ちさえした。

伊予は明朗な声で語り始める。

何度も稽古してきた、吉弥を必ず笑わせる噺だ。

「あるところに仲睦まじい兄弟がいたんだそうでございます。きっちゃんと伊予吉といいまして、これが馬鹿に能天気な連中で」

「……っ！」

きっちゃんと、伊予吉。

それを聞いて、吉弥は大きく目を見開いた。

様々な滑稽噺や荒唐無稽な笑い噺が、きっちゃんを主役として語られていく。

この噺は、すべて吉弥が書いたものだ。

病がちな母を笑わせるため、母にかわって家のことをしている幼い妹を楽しませるため——昔から物静かな子だったけれど、吉弥の頭の中には、面白いことやおかしなことが詰まっていたのだ。

「やや、きっちゃん！　そいつぁいけねぇや！」

大袈裟な身振り手振りで、伊予が吉弥の噺を演じる。

この噺を母が読み聞かせてくれて、吉弥と一緒に大笑いした日のことを思い出す。まだ幼い頃、「早く続きを書いてくれ」と吉弥にねだって駄々をこねたのを思い出す。

面白い。

この噺は、心から面白い。

演じながら、伊予は思わず笑ってしまう。

「……は、はは」

いつもしかつめらしい顔をしている吉右衛門が、思わずといったふうに笑っている。口に出して演じるだけで人を笑顔にする——そういう力が、この噺にはあるのだ。

吉弥のほうを見ずともわかる。

笑っている。笑いながら、泣いている。

懐かしさ。幸せだった日々。

面白いと信じている、吉弥の書いた大切な噺が伊予の口から溢れ出る。

吉弥だけではない。

吉右衛門も、邑楽さえも笑っている。

皆の笑い声が伊予の背中を押してくれる。

走り抜けるようにして、サゲまでたどり着く。

「――ええ、元は犬でございます。今朝ほど人になりました」

犬が好きだった伊予のために、吉弥がこしらえた『白犬請願』という題の噺だ。

人になりたいと願った犬が百度参のすえに満願かなって人になるが、人の姿のままで犬の所作をしてしまう――という笑い噺。この犬をきっちゃんが拾って大騒ぎになる。

どうして忘れていたのだろう。

伊予は、この噺が大好きだった。

何度も何度も、母にこの噺を読んで聞かせてほしいとねだっていた。

吉弥が母と自分のために書いてくれた噺だ。

母の病が治るように、と毎朝近くのお稲荷様に吉弥は手を合わせていた。その吉弥が、満願成就の笑い噺をどんな気持ちで書いていたのか……。

けれど、そんなことは噺の中ではみじんも感じさせない。

どこまでも、馬鹿馬鹿しくて、楽しくて、腹の底から笑いたくなる。

傑作だ、と伊予は思う。

もしも今後、落とし噺を集めた黄表紙本が作られるのならばきっとこの噺は大変な人気になるはずだ。もっとたくさんの人に知ってもらいたい。伊予の兄がこしらえた噺は、こんなにも面白いのだから。

「……はぁ、はぁ」

語り終えて、頭を下げる。

ぱちんと爆ぜた炭の匂いが清らかだ。寒い冬の居間にいるはずなのに、汗ばむほどに気分が高揚している。

心臓が脈打ち、息があがっている。粋でいなせに洒脱《しゃだつ》な落とし噺を申し上げる——という寄席の芸とはほど遠い。

けれども、これが伊予の芸だ。

吉弥と向き合って、吉弥に笑ってもらうためだけに考えて、考え抜いて見つけた伊予の芸。

「……伊予、見事だ」

笑い泣きの吉弥が、涙を拭って伊予に向き直る。

どこか憑きものの落ちたような顔をしていた。

「笑った……兄上、笑っていらっしゃいました。父上もご覧になりましたでしょう。これで、兄上はこの家を出ずともよろしいのですよね」

嬉しくてたまらない。

何度も何度も、吉右衛門と吉弥の顔を見る。

吉右衛門がしきりに感心している。

「伊予。お前の落とし噺というのは見事だ。正直に言えば、ここまで真剣に稽古をしているとは思わなかった」

「伊予は毎晩、飽きもせずに稽古をしておりましたゆえ」

「なんだ、吉弥は知っていたのか」

吉弥は曖昧に頷いた。

「しかし、伊予。お前、よくこんな噺を覚えていたね」

「それは、その」

伊予は少し迷ってから、吉弥の文箱を開けたことを打ち明けた。

「兄上……私、兄上のこしらえてくださすった噺が好きでした。忘れてしまっていたなんて、伊予は薄情者でございます」

「まったく、我が妹は相変わらず猪突猛進だな」

「そ、そんなことは！」

「吉弥。先ほどの落とし噺は、お前がしたためたものなのか」

吉右衛門が感心するやら驚くやら、といった顔で吉弥をまじまじと見つめている。論語や兵法ではなく滑稽噺を書いているとは思わなかったのだろう。

「……父上、お許しください。私はこのような武家にあるまじき書き物にうつつを抜かしておるのです」

吉弥が深々と頭を下げる。

どこか憑きものの落ちたような表情だった。

「小さい時分から体が弱いことを恥じておりました。どうあっても剣術道場の一人息子としては弱い自分自身を慰めてくれたのは、この滑稽噺だったのですよ」

吉弥はぽつりぽつりと告白する。

「熱を出しては絵空事を思い描いて、心を遊ばせておりました。読み書きを覚えてからは、手習いのためにいただいた紙をやりくりして、頭の中の面白おかしい草紙を書き殴っていたのです……それを、母上はいつも楽しげに読んでくださいました」

吉弥は懐かしそうに目を細める。

「母上や伊予、それから時には父上まで私の書いた噺で楽しそうに笑ってくださるのが嬉しかった……幼い頃のほんの一時の出来事でしたが、自分の書いた噺で家族が笑ってくれることが何よりの喜びでした」

「……兄上も、だったのですね」

伊予にとって、その気持ちは痛いほどによくわかるものだった。

家族が笑顔だと、本当に嬉しい。

落とし噺というのは、本気で目の前の人と向き合ってはじめて芸になるのだと邑楽から教わった。

きっと、あのときの吉弥は滑稽噺を書くことで本気で家族の笑顔や病弱な自分自身と向き合っていたのだろう。

「あの頃は、ただただ書くことが楽しかったのです。けれど、長じるにつれて考えが変わってきました。うちの近所に、秋田屋という本屋がございましょう……あちらで取り扱っている黄表紙本を手に取ると、店主はいつも驚いた顔をするのです」

それはそうだ。

武家の若者が堂々と黄表紙本を手に取るのは外聞が悪い。寄席の興行にやってくるのも、町人たちばかりだ。

げらげらと腹を抱えて笑う娯楽を、多くの武士たちは馬鹿にしている。

「店主が正しいのです。満足に家業も継げず、食い扶持を稼ぐこともできない私がいつまでも空想を書き殴って遊んでいることなど許されません……けれど、どうしても書くのをやめられなかった」

「兄上……」

「だから、この家を出て行こうと思いました。どうしたって、私は甘ったれですからね……この家にいれば、いつかの母上や伊予の笑顔をよすがにして、くだらぬ噺をいつまでも書き続けてしまう」

吉弥がまるで小さな子供のように肩をすくめた。

陰気な男だと思っていた兄の頭の中には、落語のような面白い噺がいっぱいに詰まっているのだ。そう思うと、伊予は感慨深かった。

ずっとそれを隠し通していたなんて。

「この家を出る前に、文箱ごと焼いてしまおうかと思っていたのだが――」

「そりゃ、もったいない！」

声をあげたのは、邑楽だった。

「吉弥さんよ、そりゃもったいない。みすみす食い扶持を逃すなんてねぇ」

噺家の烏骨亭邑楽として接すればいいのか、幼い頃から知っている寛一として接すればいいのか計りかねているのか、戸惑うように吉弥が頷く。

「食い扶持……それは一体どういうことでしょう」

「だからさ、あんた様の書いたもんを売りゃ、食い扶持になりましょうって話です」

「書いたものを売る、というと版元にですか。それこそ夢物語だ」

吉弥は困ったように笑う。

恋川春町《こいかわはるまち》やら滝沢馬琴《たきざわばきん》やらの黄表紙本はたしかに人気だ。

版元に作品を売って暮らしている者がいることは知っているが、自分がそうなれるだなんて考えてもいない……と早口にまくし立てる。

「私なんかの書いたものが、まさか……」

「そう言うわりには、ずいぶんと書き手に詳しいじゃないか」

「うっ、それは」

「本当は、自分の書いたもんを売りこんでみたいって思ってるんじゃゃないですか？」

邑楽が、ずばりと核心に切り込む。

「……そ、れは」

「だからこそ、文箱いっぱいに書いたもんを溜め込んでた」

「……素人の手慰みでございますが」

「そりゃたまげた！」

邑楽が、にやりと笑ってみせる。

「あんなに出来が良いもんが、手慰みとはねぇ。どうです、この噺……アタシに売っちゃくれませんか」

「え、それは……」

「カタブツの伊予がやって、これだけ面白いんだからたいしたもんだ」

「それは、どうも」

「どうですか、これくらいの値でひとまずアタシに売るってのは」

邑楽が指で示した値に、吉弥が目を白黒させる。

「そ、そんなにいただくわけには！」

「なぁに、このあとの出番が気前の良い席亭ンところの寄席でしてね。ちょいと年を越すには過ぎた金が入るんですよぅ」

たしかに孔雀亭のワリは、破格の高値だ。

主任である邑楽は、今回の興行の看板。かなりの額を提示されていたことを知っている。

「でも、師匠。そのワリは……」

「おぉっと、それだけじゃありません。ちょいとした知り合い……まぁご贔屓さんに、滑稽噺を集めた黄表紙本の版元がいましてねぇ。腕の良い書き手を探してるんですよ、どうです。吉弥さん、そこで書いてみませんか」

「そ、そんな……いえ、私などは」

「あんたの腕はアタシの折り紙付きだ、どの版元でも無下にゃできません。どう生きるか、どう稼ぐかは人それぞれ……ご自分で食い扶持を稼げるようになりゃ、道場を継がなくても立派な大黒柱だ、違いますかい？」

「師匠……！」

「あ……ありがとう、ございます……」

吉弥の見開いた目から、涙とともに鱗がぽろぽろ落ちるのが見えるようだ。

「あんた、本当はずぅっと迷ってたんじゃないですかぃ」

かつて、武家という身分を捨てて落語に逃げ込んだ邑楽が笑う。

「あんたが魅せられた黄表紙本の世界に飛び込みたいってさぁ。自分が通用するか、食い扶持を稼げるか、挑んでみたいってねぇ――」

「……買いかぶりでございましょう、邑楽殿」

「どうだかねぇ」

吉弥と邑楽が、じっと視線を交わらせる。

話芸で生きてきた男と、これから筆で生きていこうとする男の間に言葉はいらないようだった。

「そうなりゃ善は急げだ、ゲソ助でも使いっ走りにさせて代金を届けさせて――」

成り行きを見守っていた吉右衛門が慌てて声をあげる。

「か、寛一殿！　そのような温情をかけていただくわけには……道場破りを騙るゴロツキを退けてくださっただけでも、お礼をしてもしきれないのに」

「おや？　アタシはただの鳥骨亭邑楽。しがない噺家ですよぅ……寛一ってなぁどこのどいつです？」

悪戯っぽく笑う邑楽に、吉右衛門が浮かせかけた腰をへたり込むように下ろす。

伊予もすっかり力が抜けてしまった。うちの師匠は、なんて器の大きい人なのだろう。

「これにて一件落着、ってやつですねぇ……そのかわり、アタシの元の名のことはどうぞご内密にお願いしますよ」

「そ、それはもちろん！」

「でも師匠」

伊予が声をかける。

吉弥の噺をたいへんな額で買い取ると言ってくれているけれど、邑楽とて宵越しの銭を持たない芸人だ。

「どうしたぃ、鬼弟子」

「孔雀亭のワリは、次郎吉さんにお納めするもののはずでは？」

「ああ、そんなことかぃ。吉弥さんの噺はすぐにだって買いたくてたまらねぇが――」

邑楽もまた、憑きものが落ちたような顔で笑う。

「店賃なんざ、溜めるためにあるようなモンですよぅ」

根無し草、やくざな商売。のらりくらりと暮らし、それでいて客とどこまでも真摯に向き合う噺家だ。

「もう、師匠っ！」

伊予はいつものようにぷりぷりと怒りながらも思う。

かつて橋本道場にいた浜田寛一は素晴らしい男であった。

烏骨亭邑楽も、それに劣らぬいい男だ。

◆◆◆

春になる。朝がくる。

江戸の町が色づき、やれ花見だと町人たちは浮き立つ。

口々に「おや、おはよう」「今日も精が出るねぇ」と声をかけてきてくれる者たちに笑顔を返しながら、橋本伊予は背筋を伸ばす。

すぅっと大きく息を吸い込んで、よく通る声を張り上げる。

「師匠、起きてください。邑楽師匠！」

からぬけ長屋の、かまぼこ板より薄い戸をカランと開け放つ。

また昨晩は酒を食らっていたのだろうか。大欠伸をしている噺の名人は、朝日を背負って立つ伊予に目を開く。昼過ぎに起き出す暮らしを続けてきた邑楽にとって、まだお天道様が昇りきらないときから起き出すことなど久々だった。

「……へへ、おはようさん」

「おはようございます、寝坊ですよ」

伊予は真新しい道着を身につけて邑楽を叩き起こす。

この春。伊予は吉右衛門の許しを得て、小太刀の師範代となった。

なんと、伊予から言いだしたことではなく吉右衛門からの提案だった。

ゴロツキの北斗と互角に渡り合った伊予の姿に、吉右衛門は何かを感じたらしい。

いずれ剣術についても父からみっちり手ほどきを受けることになっていた。

女が師範代などというのは前代未聞。

けれども、あの烏骨亭邑楽の女弟子として寄席に出入りしていた伊予だ。実際のところ、話芸よりも武芸のほうが性に合っている。伊予の率いる橋本道場は悪くない評判をとっていた。

というのも、ただのお堅い剣術道場ではないのだ。

「寝坊ったって、芸人の朝は遅いんですよぅ」

「何をおっしゃいますか、道場の朝は早いのです」

「ったくよぅ、道場で朝っぱらから落とし噺なんざ、よく考えつきますねぇ」

そのついでに、だらしのない邑楽を朝稽古に招くことにしたのだ。

朝稽古といっても、武芸ではない。たまに気が向けば、あの清々しい剣筋をみせてくれることもあったけれど、もっぱら邑楽の役目は稽古後の早朝寄席だ。

あの邑楽の落語が朝から聴けるとあって、近頃は遠方から娘たちが集まるようになったところだ。

邑楽自身も、どうやら満更でもなさそうなのがおかしい。

そして。

橋本吉弥は、橋本家を出た。

といっても、住まいは近くだ。

「やあ、おはよう。伊予」

「兄上、おはようございます」

吉弥の新しい住まいは、からぬけ長屋。

初瀬の住んでいた店が空いたのだ。念願叶って孝輔と一緒になり、材木問屋のおかみさんとなった初瀬は材木問屋のおっちょこちょいな天女様として評判をとっている。

「しめきりが近くてね、すっかり眠りそびれてしまった」

「まぁ、お体は大丈夫なのですか」

「不思議と力が湧いてくるんだ、ここが正念場だからな」

今は、邑楽の仲介で噺家のために小咄をこしらえたり、貸本屋を手伝ったりしながら物書きをしている吉弥である。ほうぼうに持ち込んだ滑稽噺が、いくつかの版元の目に留まったのだ。黄表紙本と呼ばれる滑稽噺の作者として一本立ちをするべく修業中だ。同じく内気な伽羅楽とは馬が合い、酒を酌み交わす仲となっているらしかった。

「朝稽古か、懐かしいな……父上によろしく」

「はい、兄上」

夜通し油を灯して書き物をしていたのだろうか、吉弥は大欠伸をして自分の店へと戻っていく。その背中を、伊予は頼もしく感じた。

吉弥につられたように、邑楽も欠伸をする。

「ふぁーあ、それじゃあ、あたしももう一眠り」

「なりませぬ、邑楽師匠は道場においでくださいませ」

「おいおい、勘弁してくださいよぅ」

伊予は小太刀の師範代として、娘連中を集めて稽古をつけている。

門弟を集めるのに苦労をしていたところ、稽古後にふらりとやってきた邑楽が一席落語を演じたところ、それが大評判。

女ばかりの朝稽古は日に日に参加者が増えている。

「父上も首を長くしてお待ちです、稽古の後には寛一殿を朝餉に誘うようにと言われております」

「……先生おんみずからのお誘いたぁ、そりゃあ無下にはできないですねぇ」

「ええ、邑楽師匠のおかげで門弟も増えているのです……師匠がいなければ、はじまりません。今朝もたくさん人が集まるのですから、そりゃあ――」

伊予はつかつかと狭い長屋の店に入り、四畳半のへりに正座してしゃんと背筋を伸ばす。高座で客に相対するときのように、三つ指をついて頭を下げる。

噺の名人、剣の達人。

のらりくらり、軽やかに。

それでも真正面から人と向き合う、江戸の男。

「お師匠様、出番です!」

――それが、橋本伊予の師匠。からぬけ長屋の烏骨亭邑楽である。

本書は書き下ろしです。

# お師匠様、出番です!

## からぬけ長屋落語人情噺

柳ヶ瀬文月

2022年3月5日　第1刷発行

発行者　千葉 均
発行所　株式会社ポプラ社
〒102-8519　東京都千代田区麹町4-2-6
ホームページ　www.poplar.co.jp
フォーマットデザイン　bookwall
組版・校正　株式会社鷗来堂
印刷・製本　中央精版印刷株式会社


N.D.C.913/303p/15cm　ISBN978-4-591-17363-3



P8101444